Las preciosas ridículas / Los enredos de Scapín

Clásica
Teatro

MOLIÈRE

LAS PRECIOSAS RIDÍCULAS

LOS ENREDOS DE SCAPÍN

Traducción y edición de Mauro Armiño

AUSTRAL

Planeta

Título original: *Les précieuses ridicules / Les Fourberies de Scapin*

Avda. Diagonal, 662-664, 08034 Barcelona (España)
www.planetadelibros.com

Diseño de la colección: Compañía
Primera edición en Austral: febrero de 2024

Depósito legal: B. 20.518-2023
ISBN: 978-84-08-28387-4
Composición: Realización Planeta
Impresión y encuadernación: CPI Black Print
Printed in Spain - Impreso en España

Biografía

Jean-Baptiste Poquelin (París, 1622-1673), conocido como Molière, fue un dramaturgo y actor francés, considerado el mejor comediógrafo de la historia de ese país. Su madre falleció cuando él contaba con apenas diez años. Su padre, titular del importante cargo de tapicero real, procuró que recibiera una buena educación; Molière asistió a uno de los mejores colegios de París, que albergó a brillantes personalidades francesas, como Voltaire en el siglo siguiente. Aunque su padre quería que heredara el oficio, Molière formó la compañía de actores L'Illustre Théâtre. Tras acumular grandes deudas, viajó por provincias durante años con esos «cómicos de la legua»; de vuelta en París, se hizo famoso y consiguió el favor del rey Luis XIV, quien le protegió de sus enemigos y adversarios. Exhausto, después de entregarse al teatro durante más de tres décadas, murió a los cincuenta y un años, dejando tras de sí grandes obras maestras, como *Las preciosas ridículas*, *Las mujeres sabias*, *La escuela de las mujeres*, *Don Juan*, *El misántropo*, *Tartufo*, *El avaro* y *El enfermo imaginario*.

Índice

Acto tercero

Prólogo

Cuando en octubre de 1658 la *troupe* de Molière llegó a París, dejaba a su espalda doce años de correrías por provincias; no tardó en asentarse en la capital, apoyada por Philippe d'Orléans, hermano «único» de Luis XIV, que ostentaba el título de *Monsieur* y que había prometido trescientas libras para cada uno de los actores, trescientas libras «que no han sido pagadas», afirma el registro de La Grange, actor de la compañía que llevó un dietario concienzudo de la vida de la *troupe*. Un programa doble sirvió de presentación: la tragedia *Nicomedes*, de Corneille, y una pequeña farsa de Molière, *El doctor enamorado*, perdida. Si la tragedia aburrió al monarca, presente con la corte en la sala de guardias del viejo Louvre, con la farsa quedó encantado, hasta el punto de ceder a la compañía, a petición de su hermano, la sala del Petit-Bourbon, que disfrutaría en alternancia con la *troupe* de comediantes italianos dirigida por Tiberio Fiorilli, conocido como Scaramouche, cuya lápida reza: SCARAMOUCHE, EL MAESTRO DE MOLIÈRE.

Jean-Baptiste Poquelin, conocido por su pseudónimo de Molière, había sido bautizado en París el 15 de enero de 1622. Su familia, tanto por parte de padre como de madre, ejercía desde hacía tres generaciones la profesión de tapiceros, y había alcanzado cierto estatus por su título de ayuda de cámara y tapicero del rey, título que el comediógrafo recibió y que, en determinadas épocas, tuvo que compartir con su profesión real, la de comediante. Su primero intento escénico fue la fundación del Illustre Théâtre (1643) junto con tres miembros de la familia Béjart, con cuyo miembro más eminente, la actriz Madeleine Béjart (1618-1672), por «la que dejó los bancos de la escuela», según las *Historiettes* del cronista Tallemant des Réaux, trabajó prácticamente toda su vida. La andadura de ese Illustre Théâtre duró poco y generó deudas que en buena parte saldó el padre tapicero de Molière. Tras las primeras funciones de enero de 1644, el Illustre Théâtre bajaba su telón parisino y, a finales del año siguiente sus miembros se disolvieron en provincias. Tanto Madeleine como Molière se sumaron a la compañía de Charles Dufresne, patrocinada por el duque de Épernon, gobernador de la Guyena. Años provechosos para la compañía según se desprende de ciertos datos, aunque se sabe poco de esa existencia que los llevó por el oeste y el sur de Francia, para aparecer en los festejos de aperturas de los Estados del Languedoc y parlamentos regionales, casas aristocráticas, etc. Entre estas últimas, sobre todo la del príncipe de Conti (1629-1666), que, castigado por haber sido una de las cabezas visibles de la Fronda contra Mazarino, se había retirado a su castillo de La Grange des Prés, cerca de Pézenas, donde su secretario François Sarasin acogió a la *troupe* y le permitió titularse «Troupe de Mgr. le prince de Conti». La colaboración entre el noble y Molière fue estrecha, hasta el punto de conseguir el título de «Comediantes del príncipe de Conti». Según el testimonio del abate Voisin, Conti «veía las representaciones de teatro, hablaba a menudo con el jefe de la *troupe*, que es el actor más dotado de Francia, sobre lo que su arte tiene de más excelente y delicioso. Leyendo a menudo con él los pasajes más hermosos, y los más delicados, de autores tanto antiguos como modernos, se complacía en hacérselos recitar sencillamente, de suerte que había pocas personas que pudieran juzgar una pieza mejor que este príncipe». Pero en 1657, tras una vida de depravación y libertinaje, Conti volvió a la religión: el obispo de Alet, monseñor Pavillon, le hizo ver que, tras la muerte de su padre, Enrique II de Bourbon-Condé (1588-1646), heredaba el puesto de tercer personaje del reino; la «conversión» fue auténtica: se impuso mortificaciones y cilicios, y se incorporó a la Compañía del Santo Sacramento, que jugará un papel amenazador para Molière algo más tarde, cuando estrene *El Tartufo*. Entre las primeras medidas adoptadas por el converso estuvieron la supresión en su corte de Pézenas de fiestas y entretenimientos, además de la expulsión de los cómicos de sus dominios y la prohibición a Molière de la utilización de su nombre. A su muerte, Conti dejaba escrito un *Traité de la Comédie et des spectacles*, aparecido en diciembre de 1666, en el que atacaba la moralidad del teatro de Molière y, sobre todo, su *Escuela de las mujeres* (1662).

Las preciosas ridículas

No tardó la *troupe* de Molière en abrirse un camino triunfal en París: lo debió al éxito de *Las preciosas ri-*

díCulas, estrenada nada más instalarse en el Petit-Bourbon, el 18 de noviembre de 1659. La misma sociedad «preciosa» de la que la pieza se burlaba aplaudió la obra, que fue llamada a palacios y salones; en julio del año siguiente, el rey mandaba representarla en el palacio de Vincennes y asistía además en octubre, en el palacio de Mazarino, a otra escenificación de *Las preciosas*. Un éxito tan brillante no dejó de tener secuelas: la obra fue impresa de forma fraudulenta por Jean Ribou, librero parisino, contra el que Molière presentó denuncia al mismo tiempo que entregaba su texto a otro impresor, Guillaume de Luynes, al que añadía un prólogo que alude a las argucias de librero pirata. La disputa no llegó muy lejos, porque ambos, autor y librero, no tardaron en alcanzar un acuerdo. Además, Ribou sería, en adelante, uno de los impresores de las obras de Molière.

El blanco de la pieza era el mundo de las «preciosas», moda asentada en los salones de la aristocracia femenina y que derivaba de una aspiración a la elegancia, el ingenio y la sutileza de juicio, heredada de la poesía trovadoresca. El término *preciosa* se convirtió en «palabra de la época, palabra de moda», según escribe el abate de Pure en su novela *La précieuse*. El preciosismo derivaba de ciertas posturas que distintos puntos de Europa asumieron en el siglo anterior, aunque solo en Francia terminó dando y adoptando una forma social, moral incluso, más que literaria. Eran los «placeres del espíritu» los que pretendían difundir los gabinetes desde el reinado del primer monarca Borbón, Enrique IV (1553-1610). Esos gabinetes, convertidos en salones de los apellidos más encumbrados de Francia, tuvieron en el de la marquesa de Rambouillet (1588-1665) el salón por excelencia, pues acertó a reunir a las personalidades más selectas de la política francesa; durante más de cuarenta años, por él pasó «todo Francia», desde Condé a la princesa de Conti, Richelieu, los Guise, intelectuales y escritores como el poeta François Malherbe, el «gran trágico» Corneille, Madame de Lafayette y Madame de Sévigné, la duquesa de Longueville y un poeta menor, Vincent Voiture (1597-1648), alma del salón y cuya muerte marcó el inicio de su decadencia. Allí, sus asistentes se dedicarán a entretenimientos sociales, charlas, lecturas de novelas y debates sobre temas como «¿Es compatible el matrimonio con el amor?»; esos temas se analizarán en la obra de Molière, que les dará una visión personal y moderna. Cuando el salón Rambouillet vaya perdiendo influencia, recogerá el testigo el de Madeleine Scudéry (1607-1701), que desde 1654 empezó a dictar las normas del nuevo modo de vida precioso; a diferencia del salón Rambouillet, el salón Scudéry —autora de dos novelas río, *Artamène ou le Grand Cyrus* (1649-1653) y *Clélie. Histoire romaine* (1654-1660)— lo visitaban unos pocos miembros de la nobleza, pero sobre todo representantes de la burguesía, a la que esas novelas impulsaban a trasladarse a su ficción narrativa. Confirmando el dicho de que nunca segundas partes fueron buenas, el de Scudéry avanzó en dos direcciones: por un lado, llevó hasta el ridículo el refinamiento del lenguaje y de la cortesía, y se entregó a juegos frívolos de galantería fácil y de poesía huera que el salón Rambouillet contenía gracias a un alto nivel de exigencia; por otro, continuaba la vieja querella de las mujeres, afirmando con mayor contundencia la capacidad del sexo femenino para el ejercicio de la mente; además, pretendió dictar el tono del buen gusto literario y lanzó a las mujeres a la escritura. Lo más visible fueron los excesos de su culto al amor y de su necio refinamiento literario, presidido por la frivolidad y el divertimento, que tuvo su apogeo en la recuperación del Mapa de Ternura, país imaginario del amor cortés por el que se moldeaban las relaciones galantes de sus reuniones y del que ya en ese momento todo París se burlaba denunciando su cursilería. Cathos lo evoca en *Las preciosas ridículas* (escena IV).

Pese a sus extravagancias, el movimiento precioso logró cambiar los modales y la brusquedad de unas costumbres casi medievales, debidas a la actividad guerrera de una Francia sin unidad definida y en transición monárquica de la dinastía de los Valois a la de los Borbones. Se consiguió elevar en cierta medida el nivel de delicadeza y elegancia de modales en los ambientes más prominentes del reino, además de renovar la lengua, que, junto con las nuevas costumbres, la literatura y la filosofía sirvieron de máscara a unas normas de conducta falseadas por parte de una burguesía insegura e insatisfecha que buscaba reconocimiento social. Numerosos textos, y entre ellos estas *Preciosas ridículas* de Molière, dan testimonio de la excentricidad de círculos, gabinete y salones, que prescribían la indumentaria, las poses y los juegos de todo tipo, pero de modo especial los asuntos lingüísticos y líricos. Madelón (trasunto del nombre de Madeleine Scudéry) y Cathos se preocupan, no del «buen uso» de la lengua, sino del «bello uso» que recomendaban los salones, innovadores en ese terreno como en el del vestuario y los modales. «Si hay palabras que se hayan inventado hace poco y que las gentes de la buena sociedad se complacen en utilizar (...), hay que servirse de ellas también con audacia, por más extravagancia que pueda encontrarse en ellas», asegura con tono irónico en *Les Loix de la galanterie* (1644) el novelista y erudito Charles Sorel (h. 1599-1674). Distintos gramáticos de la época denuncian el lenguaje precioso por alborotar la lengua con sus incongruencias, por su afectación, por su empeño en convertirlo en moda y dar como resultado el espantajo lingüístico del que son perfecto ejemplo Cathos, Madelón y Mascarilla. Impulsado por los salones aristocráticos, el preciosismo dejó obras literarias que son más dignas de recuerdo cuando atacaban y se burlaban del movimiento que cuando querían reflejar ese mundo.

Paradójicamente, los salones aplaudieron *Las preciosas ridículas*. ¿Cuál es entonces el blanco al que apuntaba? Dejando a un lado los guiños que hace al lenguaje florido y extravagante, la obra echa mano de los recursos de la comedia de siempre: el enfrentamiento padre-hijas y amos-criados; las quejas contra las mujeres, que procedían de la tradición medieval; la caricatura de la usurpación de rango de los criados; la caricatura de unas burguesitas que juegan a damas en un París que, para ellas, provincianas, supone un nuevo país de Jauja de las relaciones sociales y amorosas. Provincianas que en escena son pintadas como necias, tontas, novatas en las modas y muy poco «preciosas», dado que son incapaces de descubrir a un criado disfrazado con cintas y plumas, las burguesitas Cathos y Madelón resultan tan risibles y patéticas que las preciosas no podían darse por aludidas. Por debajo de la trama, Molière plantea una situación que recorrerá toda su obra: Górgibus, que se atiene a un sentido práctico y burgués y es consciente del papel que ocupa en sociedad, inicia la serie de padres tiranos de sus hijas, a las que imponen un matrimonio no deseado por ellas: las jóvenes juegan a grandes damas sin más razón que el barniz y la apariencia.

De este modo, la farsa pasa a convertirse en una categoría de alcance literario; inscrita en la tradición cómica, resulta comedia de costumbres y modos de vida que, aunque difusos, resultan cercanos para el público. A partir de este arranque, el comediógrafo eliminará el aspecto difuminado de los personajes e inmediatamente, en obras posteriores —*La escuela de los maridos*, *La escuela de las mujeres*—, junto al defecto apuntado se diseñan con toda nitidez personas y situaciones concretas que el público se desvivía por tener al alcance de la vista: sus protagonistas apenas ocultarán a personas o tipos reales y, paso a paso, irá derivando su crítica, que pasará de la clase burguesa a la nobleza que frecuenta los salones y también el palacio del Louvre, como ese *Tartufo* y ese *Don Juan*, que implican el vicio de la hipocresía en dos personajes centrales de aquella sociedad: uno religioso; el segundo, aristócrata.

Desde *Las preciosas ridículas*, Luis XIV había intuido que su autor podía servirle en su empeño de suavizar las costumbres sociales de dos grupos: nobleza y burguesía. Atento a servir al rey —Stendhal, acérrimo defensor de Napoleón, lo calificaría de «escritor gubernamental»—, Molière se había dado cuenta, durante sus años de provincias, de que fuera del poder —Estados y parlamentos de provincias, castillos y palacios aristocráticos— no había posibilidad de que su *troupe* sobreviviese. Escritores, dramaturgos y comediógrafos tenían que vivir en ese entorno si querían publicar o estrenar, y pocos fueron los que se apartaron de esa norma. Uno de los cometidos de Molière fue atender a los encargos que Luis XIV, cercano al comediógrafo hasta el punto de que, en su prólogo a *Los importunos* (1661), implica al rey en el proceso de creación: Molière añadió después del estreno, según confiesa en el prólogo a la edición de esa obra, un importuno más que le habría sido señalado por el monarca, el del cazador pesado que cuenta largo y tendido sus cacerías. Luis XIV había montado un equipo cultural que tenía por cabeza visible al duque de Saint-Aignan (1607-1687); este prestigioso militar, protector de las artes y las letras en su segunda etapa cortesana, reclutó entre otros al músico compositor italiano Jean-Baptiste Lully (1632-1687); al bailarín, maestro de baile —lo fue del rey— y coreógrafo Pierre Beauchamp (1631-1706); a Isaac de Benserade (1613-1691), autor de cuatro tragedias y libretista, y a Molière, que se hizo cargo de las comedias y la organización de varios de los grandes festejos que, como *Los placeres de la Isla Encantada* (1664), iban a asombrar por su esplendor, lujo y pompa a las cortes europeas. Este equipo se dedicó a servir la afición del monarca por la música y el baile con piezas en que esas artes, junto con la comedia, se mezclaban; para complacer ese gusto real, Molière creó un género nuevo, la comedia-ballet, al que pertenece casi la mitad de su producción: desde esos *Importunos* hasta la última de sus piezas, *El enfermo imaginario*. Pero ese género de la comedia-ballet desapareció prácticamente con la muerte de su creador.

Cuatro meses después de otro de los espectáculos más fastosos de la carrera de Molière, *Psique*, pieza de máquinas con ballet, música y danzas, camino de la ópera que pretendía Lully, el 24 de marzo de 1671 estrenaba una pequeña comedia en el teatro parisino del que entonces disponía, el del Palais-Royal: *Los enredos de Scapín*. La obra hubo de ser retirada de cartel tras ocho representaciones y no volvería a subir a escena hasta después de la muerte de Molière, pero esta vez con gran éxito: fueron noventa y ocho sus representaciones entre la muerte del autor y la de Luis XIV (1715). La fuente es conocida: la comedia *Formión*, del romano Terencio, que en su teatro corregía la comicidad de sal gorda y popular de Plauto para pintar caracteres, rechazaba los trazos gruesos y exponía la psicología de sus personajes. Para la élite cultural, Terencio era el mejor representante de la comedia latina, y a ello se refiere Nicolas Boileau (1636-1711), que instauraría las normas del clasicismo literario en su *Arte poética* (1674). Este amigo de Molière, muerto ya este, le haría un reproche fundamental desde el punto de vista de su nueva teoría clasicista en dos versos:

> *En este saco ridículo en que Scapín se envuelve*
> *no reconozco ya al autor de* El misántropo.

Boileau reprochaba a su fraternal amigo intentar agradar los gustos populares, abandonar el camino mesurado que lo hubiera convertido en el primero de los poetas cómicos para rendir pleitesía a la bufonada, y unir, «sin avergonzarse, Tabarín a Terencio». Eran los mismos reproches que Molière había soportado de sus enemigos desde el principio. *Formión* tenía por trama una ley ateniense que obligaba al allegado más próximo de una huérfana a desposarse con ella o a proporcionarle una dote. Molière sigue el cuerpo general del argumento del latino, pero poda la profusión de escenas, organiza la complicada intriga, aclara el bosque de idas y venidas y concentra los momentos significativos en su comedia, además de insertar fragmentos de tono menor, entre ellos un recuerdo de Plauto, como el disfraz de espadachín botarate (VI, II) que utiliza Silvestre para amenazar a Argante. Además, repite y replica la intriga utilizando a los padres y a los enamorados para permitir que Scapín urda enredos diferentes.

Insiste Molière en uno de sus temas preferidos desde los inicios: los deseos amorosos de una pareja de enamorados se ven impedidos por la avaricia de los padres, a los que Scapín saca con sus enredos el dinero que necesitan los jóvenes para alcanzar el matrimonio. La acción se complica tanto que debe recurrir a un *deus ex machina* para resolver la intriga: un antiguo rapto de Zerbinetta que se aclara gracias a un brazalete identificativo. Inverosímil, convencional, pero Molière ha creado una figura cómica nueva: Scapín; parece haberse acordado de dos personajes tipo creados en sus inicios, el Mascarilla de *Las preciosas ridículas*, que ya había aparecido como «rey de los pícaros» en *El atolondrado*, y Sganarelle, presente en siete de los títulos de Molière y que, como en el caso de Scapín, él mismo interpretaba adaptándolos a sus condiciones físicas y, sobre todo, a una expresiva gestualidad, ponderada por todos los comentarios de la época. La originalidad de *Los enredos de Scapín* reside precisamente en la operación de *patchwork* realizada por su autor, que suma a la tradición de la comedia antigua de Terencio y de Plauto, y a la tradición de la farsa francesa de estirpe medieval, recursos, episodios y esquemas de la *commedia dell'arte*. No deja de homenajear Molière en el arranque de la pieza a su «maestro» en gesticulación y aspavientos, Tiberio Fiorilli (1608-1694), célebre como Scaramouche. Este gran actor italiano era capaz de «remover las pasiones y saberlas pintar en el rostro», y de él ya se decía en 1685: «Scaramouche no habla y dice las cosas más bellas del mundo». Con Scapín, el comediógrafo acaba y remata un tipo de criado que entroncaba con la *commedia dell'arte*, en primer lugar; y después con dos de los farsantes franceses más famosos de las décadas anteriores, Turlupín, que trabajaba al aire libre en el Pont-Neuf parisino, y Tabarín, famoso por ese saco que Boileau veía como símbolo de teatro popular, si no populachero, disfrazado de soldado bravucón que repartía bastonazos de títeres de cachiporra, procedentes del fondo de los *fabliaux* medievales, y que al parecer Molière ya había puesto sobre escena en una obra de 1661, *Górgibus en el saco*, de la que solo conocemos el título.

Hay otras escenas, temas y enredos que también ha incrustado el autor procedentes de la geografía de la farsa, como la artimaña de Scapín, engañador engañado, cuando Geronte descubre su estratagema para darle de palos ante unos enemigos imaginarios, o la historia del hijo raptado por un galera, que procede de una comedia arraigada en la tradición de la farsa como es *Le Pédant joué* (1645-1646), obra de Cyrano de Bergerac, una de las primeras comedias francesas escritas en prosa. Molière —como ha hecho con algún pasaje de *For-*

mión— copia palabra por palabra algunas réplicas y convierte una de ellas: «¿Qué diablos iba a hacer a esa galera?», que en Cyrano no tenía ninguna función cómica, en un recurso burlesco para toda una escena (II, VII) mediante la simple repetición fuera del contexto al que Geronte parece estar obligado.

M. ARMIÑO

Cronología

Jean-Baptiste Poquelin, Molière (1622-1673)

1622 *15 de enero.* Bautismo de Jean, hijo de Jean Poquelin, tapicero, que lo será del rey en 1631 por compra a su hermano Nicolas de ese título, y de Marie Cressé, hija de tapicero.

1624 Nacimiento de un hermano, también bautizado con el nombre de Jean; el futuro Molière pasa a llamarse Jean-Baptiste.

1632 Muerte de Marie Cressé, mujer que sabía leer y escribir.

1633 Segundo matrimonio de su padre con Catherine Fleurette, también hija de tapicero, que morirá tres años más tarde dejando dos hijos. Era analfabeta. Muerte de Gaultier-Garguille, de Gross-Guillaume, de Tabarín. La Inquisición fuerza a Galileo a abjurar de sus «errores».

1635 Jean-Baptiste Poquelin ingresa (tal vez al año siguiente) en el colegio de los jesuitas de Clermont, al que acudían los hijos de la nobleza. Estudia latín, matemáticas, física y filosofía, además de esgrima y danza. Fundación de la Academia Francesa. Francia entra en guerra con España.

1637 Jean-Baptiste jura el cargo de «ayuda de cámara-tapicero» del rey, cuya futura ha solicitado su padre para él. Descartes publica el *Discurso del método.*

1638 Nacimiento del futuro Luis XIV.

1640 Estudios de Derecho en Orléans; se inscribe como abogado, pero solo ejercerá unos meses. Conoce a Madeleine Béjart, actriz cuatro años mayor que él, con la que formará pareja sentimental y artística.

1641 *Febrero.* Entre este mes y enero del año siguiente, nacimiento de Armande Béjart, «de veintidós años aproximadamente» en enero de 1662, fecha del contrato de matrimonio con Molière.

1642 Tras recibir su título de Derecho, regresa a París, donde durante seis meses se inscribe como abogado. Jean Poquelin no ve con buenos ojos las relaciones de su hijo con los Béjart, y lo obliga a acompañarle como tapicero real a Narbona, adonde Luis XIII se ha trasladado con la corte.

1643 *Enero.* Jean-Baptiste renuncia a la futura del cargo de tapicero en favor de su hermano. Con 630 libras que su padre le adelanta de la herencia de su madre,

firma contrato el 30 de junio con tres miembros de la familia Béjart —Madeleine, su hermano Joseph y su hermana Geneviève— y otros nueve comediantes para fundar el Illustre Théâtre, dirigido por Madeleine. Poco antes, en febrero, Madeleine ha dado a luz una hija, Armande, que el duque de Módena reconoce suya.
14 de mayo. Muerte de Luis XIII; advenimiento de Luis XIV, de cinco años, bajo la regencia de Ana de Austria. Condé obtiene la victoria de Rocroi.

1644 Primera aparición de la firma «De Molière» con el Illustre Théâtre, que abre sus puertas el 1 de enero. El fracaso —además de las condenas del abate Ollier— obliga a la compañía a mudarse al otro lado del Sena. Representa obras de Du Ryer, Desfontaines, Magnon y Tristan l'Hermite.

1645 *Agosto.* Molière es encarcelado en el Châtelet por deudas, en calidad de jefe de la compañía, que se dispersa; mientras, el padre de Molière paga parte del dinero debido.

1646 Se encuentra el rastro del Illustre Théâtre en la Guyena y en Nantes, adonde se le han unido los Béjart; estos y Molière se integran en una compañía dirigida por el cómico Charles Dufresne, patrocinada por el duque de Épernon, gobernador de la Guyena, hasta 1653.

1647/1658 La *troupe* de Molière, con el título de «*troupe* Du Fresne», recorre Francia, desde Toulouse a Nantes, Montpellier, Narbona... En 1647 comienza la Fronda parlamentaria.

1650 Molière, jefe de la *troupe*, tiene que renunciar a la protección del duque de Épernon, desposeído de su cargo por su compromiso con la Fronda. Van uniéndose al grupo actores como Catherine Leclerq (1650), Louis Béjart y De Brie (1652).

1651 Luis XIV accede a la mayoría de edad. Condé, que tres años antes había derrotado a los españoles en Lens, se alía a ellos.

1652 El mariscal Turena derrota a Condé y las tropas reales vuelven a tomar París. Mazarino, en la cima de su poder, organiza el 21 de octubre la entrada triunfal del rey en París. La *troupe* sigue trabajando en el Languedoc.

1653 La *troupe* de Molière, llamada por el abate Cosnac, se presenta en La Grange des Prés, castillo del príncipe de Conti —hermano del Gran Condé y nuevo gobernador de la Guyena—, quien desde ese momento le otorga su protección y su nombre. Fin de la guerra de la Fronda. Fouquet, nombrado superintendente de Finanzas.

1655 Año excelente para la compañía. Madeleine Béjart presta cantidades importantes a distintas personalidades de Montpellier. Estreno, en Lyon, de *El atolondrado*, primera pieza conocida de Molière, que viene componiendo *cannavacci* al estilo de los cómicos italianos; crea allí su personaje de Mascarilla. Los Estados del Languedoc otorgan a la *troupe* una pensión.

1656 Molière estrena su segunda pieza, *El despecho amoroso*. Los Estados del Languedoc deciden no seguir pagando la pensión a la *troupe*.

1657 El príncipe de Conti, convertido, ordena a la *troupe* no emplear más su nombre.

1658 Conoce a Pierre Corneille y representa comedias en Ruan. Molière y los Béjart se instalan en París el 12 de julio con una compañía de diez cómicos. Poco después consiguen el patrocinio de Monsieur, hermano de Luis XIV, y representan ante el rey dos obras ya estrenadas en provincias: *Nicomedes*, de Corneille, y una farsa, *El doctor enamorado*, del propio Molière, que obtiene con ella y con su interpretación un gran éxito personal. El rey le concede la sala del Petit-Bourbon para alternar con los cómicos italianos hasta que estos regresen a su país al año siguiente. Éxito de *El atolondrado* y de *El despecho amoroso*.

1659 Entran en la *troupe* Jodelet, L'Espy, La Grange (que empieza a llevar el registro de la compañía), Du Croisy, los Du Parc. Éxito inmenso de *Las preciosas ridículas* (18 de noviembre), donde Molière-Mascarilla da réplica al famoso Jodelet, que hará en esta pieza su última interpretación.

1660 *3 de abril*. Por muerte de su hermano, la futura del cargo de tapicero real vuelve a Molière. Demolición del Petit-Bourbon. El rey le concede el teatro del Palais-Royal, que comparte con los Italianos (entre otros, Domenico Biancolelli, llamado Arlequín).
9 de junio. Matrimonio por razones de Estado de

Luis XIV con María Teresa de Austria, hija del rey de España Felipe IV.
11 de octubre. Demolición del Petit-Bourbon; la *troupe* obtiene del rey la sala del Palais-Royal, con una capacidad de 1.450 plazas.
18 de noviembre. Estreno de *Sganarelle o el cornudo imaginario*, que consigue un gran éxito y permanece tres meses en cartel. El monarca ordena quemar las *Provinciales* de Pascal. Condena del jansenismo por el clero de Francia, reunido en asamblea.

1661 *20 de enero.* Inauguración de la sala del Palais-Royal con *El despecho amoroso* y *El cornudo imaginario.*
4 de febrero. Fracaso de la única tragedia de Molière, *Don García de Navarra.*
Marzo. Muerte de Mazarino.
24 de junio. Estreno de *La escuela de los maridos.*
17 de agosto. Estreno de la primera comedia-ballet de Molière, *Los importunos*, en Vaux-le-Vicomte, palacio que inaugura el superintendente de Finanzas Nicolas Fouquet con la presencia del rey y toda la corte.
5 de septiembre. Caída de Fouquet, que es arrestado y juzgado (morirá en la cárcel en 1680), y ascenso de Colbert.

1662 *Enero.* Regreso de los comediantes italianos, que comparten la sala del Palais-Royal con la *troupe* de Molière.
23 de enero. Contrato de matrimonio de Armande Béjart y Molière, que se casan el 20 de febrero.
26 de diciembre. Estreno de *La escuela de las mujeres*, que consigue una taquilla récord hasta entonces. Publicación de unas *Œuvres de Monsieur Molière.*

1663 *Finales de mayo-principios de junio.* Pensión real de 1.000 libras a Molière, primer autor cómico que la recibe.

1 de junio. Estreno de *La crítica de la Escuela de las mujeres*, como complemento a la función de *La escuela de las mujeres.*

18 de octubre. Estreno ante el rey de *La improvisación de Versalles.*

Octubre. Según Racine, el actor Montfleury presenta una denuncia al rey contra Molière, acusándole «de haberse casado con la hija y de haberse acostado en el pasado con la madre».

1664 *19 de enero.* Nacimiento del primer hijo del matrimonio Molière, Louis Poquelin, que tendrá por padrino al rey y por madrina a la esposa de Monsieur; morirá el 10 de noviembre.

30 de abril-22 de mayo. Tras la representación de su *Casamiento a la fuerza*, en el Louvre, en los apartamentos de la reina madre, queda consagrado como poeta de corte: en la pieza, Luis XIV baila vestido de egipcio. En abril-mayo, durante unas fiestas ofrecidas por el rey en Versalles con el título de *Los placeres de la Isla Encantada*, de cuya organización se encarga Molière, estrena dos obras: *La Princesa de Élide* (8 de mayo) y *El hipócrita (El Tartufo)*, en tres actos (12 de mayo). La Compañía del Santo Sacramento y el partido devoto presionan al rey para que prohíba *El Tartufo*; lo consiguen, pero ello no impide que siga representándose en visitas a palacios, con el rey entre los espectadores.

1 de agosto. El párroco de Saint-Barthélemy, Pierre Roullé, publica *Le Roi glorieux du monde*, don-

de se ataca con violencia al autor de *El Tartufo*. Molière responde con un primer memorial al monarca.
29 de noviembre. En Raincy, en casa de la princesa Palatina, se da un *Tartufo* en cinco actos, a petición de Condé. Movimientos contra los teatros en Toulouse y diversas provincias.

1665 *15 de febrero*. Sigue la persistencia de la querella por *El Tartufo*, que el estreno de *Don Juan* no hace sino envenenar. Tras quince representaciones, *Don Juan* desaparece del repertorio y no será publicada en vida del autor. Aparición de las *Observations* del señor de Rochemont contra *Don Juan*.
4 de agosto. Bautismo de Esprit-Madeleine, hija del matrimonio Molière; tendrá por padrinos a sus abuelos, el duque de Módena y Madeleine Béjart.
15 de agosto. Luis XIV permite a Molière que la compañía lleve el nombre de «*troupe* del Rey» en el Palais-Royal, con una pensión de 6.000 libras.
15 de septiembre. Estreno de *El amor médico*.

1666 Molière viene sintiéndose mal desde noviembre del año anterior; una fluxión de pecho impide a la compañía seguir trabajando.
4 de junio. Estreno de *El misántropo* en el Palais-Royal: tibia acogida. La querella de la moralidad del teatro, que había empezado el año anterior, ataca directamente a Molière. Aparición de *Dissertation sur la condamnation des théâtres*, del abate d'Aubignac, y del *Traité de la Comédie*, del príncipe de Conti, que había muerto en febrero.
Agosto. Estreno de *El médico a palos*. Nueva recaída

en noviembre de Molière, que no podrá volver a pisar los escenarios hasta junio del año siguiente.

1667 *16 de abril.* Corre por París el rumor de que Molière «está en las últimas».
16 de julio. Molière habría leído al rey una nueva versión de *El Tartufo* y logrado su permiso para la representación.
5 de agosto. Representación de un *Tartufo* retocado y edulcorado bajo el título de *Panulfo o El Impostor*, en cinco actos; en ausencia del rey de París, el primer presidente del Parlamento, M. de Lamoignon, prohíbe la obra al día siguiente; seis días más tarde, queda prohibida so pena de excomunión por el arzobispo de País, Hardouin de Péréfixe. Los actores La Grange y La Thorillière viajan a Lille con el segundo memorial de Molière al rey.
18 de octubre. Tratado de Aquisgrán con España. La Paz de la Iglesia solventa las dificultades religiosas y supone el final de la lucha con el jansenismo.

1668 *6 de enero.* Molière vuelve al escenario del Palais-Royal con *El amor médico*; por la noche aparece en *El médico a palos* en el patio de las Tullerías; una semana más tarde estrena *Anfitrión*.
9 de septiembre. Estreno de *El avaro*.
9 de noviembre. Estreno de *Georges Dandin* en el Palais-Royal, sin los adornos de la pastoral que tenía en su representación durante la estancia de la *troupe* en Versalles, en julio.

1669 *5 de febrero.* Representación pública y definitiva de *El Tartufo o el Impostor* en el Palais-Royal, día en el

que Molière escribe su último memorial de agradecimiento al monarca. La taquilla arroja ese día un beneficio de 2.860 libras. Dos meses más tarde, el 23 de marzo, se imprime *El Tartufo*.
6 de octubre. Estreno de la comedia-ballet *Monsieur de Pourceaugnac* en el palacio de Chambord.
5 de diciembre. Luis XIV recibe en Saint-Germain a Solimán Agá, enviado del sultán otomano Mehmed IV, recepción que dará origen a *El burgués gentilhombre*.

1670 *Febrero*. Estreno de la comedia-ballet *Los amantes magníficos* durante el Carnaval.
3-28 de octubre. Estancia en Chambord, con el estreno el día 14 de *El burgués gentilhombre*, en tres actos.
23 de noviembre. Estreno en la sala del Palais-Royal de *El burgués gentilhombre*, con intermedios cantados y danzados, en cinco actos.

1671 *24 de mayo*. Estrenos de *Los enredos de Scapín*.
2 de diciembre. Estreno de *La condesa de Escarbagnas*, durante las fiestas que celebraban el matrimonio de Monsieur con la princesa Palatina.

1672 *17 de febrero*. Muerte a los cincuenta y cuatro años de Madeleine Béjart.
11 de marzo. Estreno de *Las mujeres sabias*.
13 de marzo. Luis XIV concede a Lully privilegio de por vida para crear una Academia Real de Música, que le garantiza el monopolio casi absoluto sobre todo espectáculo que contenga música y ballet; en él se prohíbe «hacer cantar cualquier pieza entera en Francia, sea en verso francés o en otras lenguas, sin el

permiso del citado señor Lully». Además, se veta el empleo de más de «dos voces y seis violines o tañedores de instrumento».

19 de marzo. Molière recurre ese privilegio ante el fiscal Rollet. Trata no solo de defender los intereses de su *troupe*, sino también reafirmar su concepción de la comedia-ballet y la importancia esencial del texto, enfrentada a la de Lully, para quien la música debía ser el esqueleto del espectáculo.

14 de abril. Las reclamaciones consiguen mermar los derechos de Lully: Molière podrá emplear seis cantantes y doce instrumentos.

15 de septiembre. Nacimiento de Pierre Jean-Baptiste Armand, cuarto hijo del matrimonio Molière; morirá el 11 de octubre.

1673 *10 de febrero.* Estreno de *El enfermo imaginario*, con música de Charpentier y ballets de Beauchamp; no será representada en la corte, sino estrenada en el Palais-Royal, ante el público de París.

17 de febrero. Durante la cuarta representación de *El enfermo imaginario*, al pronunciar el «juro» de la ceremonia final, Molière sufre una convulsión. Tras ser llevado a su casa de la calle de Richelieu, muere tres o cuatro horas más tarde, hacia las diez de la noche, a la edad de cincuenta y un años, sin haber recibido los sacramentos. El párroco de Saint-Eustache le niega sepultura en tierra cristiana. Tras una gestión de Armande, el arzobispo de París permite que el cómico sea inhumado, aunque «fuera de las horas del día», a las 21 horas, en una zona del cementerio de Saint-Joseph. La *troupe* de Molière y la del teatro del Marais trabajan a partir de julio en el teatro del Hôtel Guénégaud, después de haber sido expulsados del Palais-Royal por Lully.

1680 *18 de agosto.* Orden real por la que se reúnen las *troupes* del Guénégaud (la de Molière y la del Marais, ya fusionadas) y la del Hôtel de Bourgogne, para formar la Comédie-Française.

1682 *30 de junio-31 de octubre.* Se imprimen *Les Œuvres de Monsieur de Molière*, revisadas, corregidas y aumentadas en cuatro volúmenes, al cuidado de La Grange y Vivot. En octubre aparecerán dos tomos más con las obras todavía inéditas.

Bibliografía

Textos de Molière

Les Œuvres de M. de Molière. Revues, corrigées et augmentées, Denys Thierry, Claude Barbin, Pierre Trabouillet, París, 1682, 8 vols., los dos últimos titulados *Les Œuvres posthumes de M. de Molière* (reimpresión: Minkoff, Ginebra, 1973).

—*Œuvres complètes*, textes établis, présentés et anotés par Georges Couton, Gallimard, Bibliothèque de la Pléiade, 2 vols. París, 1971 (edición revisada en 1976, reimpresión de 1983).

—*Œuvres complètes*, édition dirigée par Georges Forestier, Gallimard, Bibliothèque de la Pléiade, 2 vols., París, 2010.

Documentación

Aubignac, François Hédelin, abate d', *Dissertation sur la condamnation des théâtres*, París, 1666.

CHAMFORT, *Éloge de Molière, discours qui a remporté le prix de l'Académie française en 1769*, Veuve Regnard, París, 1769.

CLARKE, Jean, «Les Théâtres de Molière à Paris», *Le Nouveau Molièriste*, n.º 2, 1995.

CONTI, Armand de Bourbon, prince de, *Traité de la Comédie et des spectacles*, París, 1666.

GRIMAREST, Jean-Léonor Le Gallois, señor de, *La Vie de Monsieur de Molière*, París, 1705, en *Œuvres complètes de Molière*, Seuil, París, 1963.

JURGENS, Madeleine, y Elizabeth Maxfield-Miller, *Cent ans de recherches sur Molière, sur sa famille et sur les comédiens de sa troupe*, Imprimerie Nationale, París, 1963.

MONGRÉDIEN, Georges, y Jean Robert, *Les Comédiens Français du xviie siècle: dictionnaire biographique, suivi d'un inventaire des troupes, 1590-1710*, C.N.R.S., París, 1961 (reedición de 1981).

—*Comédies et pamphlets sur Molière*, Nizet, París, 1986.

—*Recueil des textes et des documents du xviie siècle rélatifs à Molière*, C.N.R.S., 2 vols., París, 1965.

Registre de La Grange, (Le), fac-similé avec un index et une notice sur La Grange, eds. Bert Edward Young y Grace Philputt Young, Droz, 2 vols., Ginebra, 1948.

SCHERER, Jacques, *La Dramaturgie classique en France*, Nizet, París, 1950.

TALLEMANT DES RÉAUX, *Historiettes*, édition établie par Antoine Adam, Gallimard, Bibliothèque de la Pléiade, tomo I, París, 1960-1961.

VOISIN, J. de, *La Défense du traité de Monseigneur le Prince de Conti, touchant la comédie et les spectacles, ou la Réfutation d'un livre intitulé: Dissertation sur la condamnation des théâtres*, París, 1671.

VOLTAIRE, dit François-Marie Arouet, *Vie de Molière*, Imprimerie Nouvelle, A. Mangeot, París, 1739.

ESTUDIOS GENERALES

BASCHERA, Marco, *La Théâtralité dans l'œuvre de Molière*, Gunter Narra, Papers on French Seventeenth Century Literature, col. «Biblio 17», París, Seattle y Tubinga, 1998.

BÉGOU, Georges, *Le Prince et le Comédien*, Lattès, París, 1985.

BÉNICHOU, Paul, *Morales du grand siècle*, 1948; reed. Galllimard, Folio, París, 1988.

CAIRNCROSS, John, *Molière bourgeois et libertin*, Nizet, París, 1963.

DANDREY, Patrick, *Molière ou l'Estetique du ridicule*, Klincksieck, París, 1992.

DEFAUX, Gérard, *Molière, ou les Métamorphoses du comique: de la comedie morale au triomphe de la folie*, Lexington, French Forum, 1980; reed. Klincksieck, París, 1992.

DESCOTES, Maurice, *Les Grands Rôles du théâtre de Molière*, P.U.F., París, 1960.

DUCHÊNE, Roger, *Molière*, Fayard, París, 1998 (reedición de 2006).

GUTWIRTH, Marcel, *Molière ou l'invention comique: la métamorphose des thèmes et la création des types*, Minard, París, 1966.

JOUVET, Louis, *Molière et la comédie classique* (cursos de Louis Jouvet en el Conservatorio de París, 1939-1949), «Colection pratique du théâtre», Gallimard, París, 1965.

MAURON, Charles, *Psychocritique du genre comique*, Librairie Jose Corti, París, 1964.
MICHAUT, Gustave, *Jeunesse de Molière; Les Débuts de Molière à Paris; Les Luttes de Molière* (3 vols.), Hachette, París, 1923-1925.

ESTUDIOS PARTICULARES

BOURQUI, Claude, *Les Sources de Molière. Répertoire critique des sources littéraires et dramatiques*, S.E.D.E.S., París, 1999.
BOURQUI, Claude, y Claudio Vinti, *Molière à l'école italienne. Le lazzo dans la création molieresque*, L'Harmattan, Turín y París, 2003.
CHANCEREL, Léon, *Molière et ses camarades Italiens*, Éditions du Pavois, París, 1945.
EMELINA, J., *Les valets et les servantes dans le théâtre comique*, en France, de 1610 à 1670, P.U.G., Grenoble, 1975.
FLORENTINO, Francesco, *Il ridicolo nel teatro di Molière*, Einaudi, Turín, 1997.
SCOTT, Virginia, *The commedia dell'arte in Paris (1644-1697)*, University Press of Virginia, Charlottesville, 1990.
WADSWORTH, P. A., *Molière and the Italians*, French Literatura Publications, York (Carolina del Sur), 1977.

LAS PRECIOSAS RIDÍCULAS

MOLIÈRE, *Les Précieux ridicules*, ed. de Jacques Chupeau, Gallimard, París, 1998.

Bray, René, *La Préciosité et les Précieux de Thibaut de Champagne à Jean Giraudoux*, Nizet, París, 1948.
Lathuillière, Roger, *La Préciosité, étude historique et linguistique*, Droz, Ginebra, 1966.
Mongredien, Georges, *Les Précieux et les Précieuses*, Mercure de France, París, 1963.

Los enredos de Scapín

Molière, *Les Fourberies de Scapin*, ed. de Jean Serroy, Librairie générale française, Livre de Poche, París, 1986 y 1989.
—, *Les Fourberies de Scapin*, ed. de Coralie Nurtens, Nathan, París, 2018.
Garapon, Robert, *Le Dernière Molière. Des «Fourberies de Scapin» au «Malade imaginaire»*, S.E.D.E.S., París, 1977.
Serroy, Jean, «Zerbinette, ou la cause des femmes», in *Vérités de l'histoire et vérité du moi. Hommage à Jean Garapon*, París, Champion, 2016.

Nota editorial

Ni *Las preciosas ridículas* ni *Los enredos de Scapín* plantean problemas textuales. Fueron editados en vida de Molière inmediatamente después del estreno: la primera en 1659, en una edición pirata de Jean Ribou que el autor terminó dando por buena tras un acuerdo con ese impresor. *Los enredos de Scapín* apareció editada cuatro meses más tarde de su estreno, en agosto de 1671 según el acabado de imprimir. Aunque en la época los autores no vigilaban escrupulosamente la edición de sus piezas teatrales, ni se molestaban en corregir presuntas erratas o errores de las reimpresiones, en ellas se han basado las ediciones posteriores, así como en *Les Œuvres de M. de Molière. Revues, corrigées et augmentées* (París, 8 volúmenes, 1682), al cuidado de un actor de su *troupe*, La Grange, y de un amigo personal de Molière, Vivot. Esta edición, y otras posteriores, añaden indicaciones escénicas, que doy entre corchetes, procedentes al parecer de los libretos de los actores.

Las preciosas ridículas

Comedia

Representada por primera vez
en el teatro del Petit-Bourbon,
el 18 de noviembre de 1659
por la troupe de Monsieur,
hermano Único del Rey

Prefacio

Es cosa sorprendente que impriman a la gente a pesar suyo. No veo nada más injusto y antes perdonaría cualquier otra violencia que esa.[1]

No es que quiera hacerme pasar aquí por autor humilde y despreciar por modestia mi comedia. Ofendería sin venir a cuento a todo París si lo acusara de haber podido aplaudir una tontería. Como el público es juez absoluto de este género de obras, sería impertinente por mi parte desmentirlo, y aunque yo hubiera tenido la peor opinión del mundo sobre mis *Preciosas ridículas* antes de su representación, debo creer ahora que algo valen, dado que tantas personas juntas han hablado bien de ella. Pero como gran parte de las gracias que en ella se han encontrado dependen de la acción y del tono de voz, me parecía importante que no se las des-

1. El 12 de enero de 1660, el librero Jean Ribou había obtenido un privilegio para editar *Les Précieuses ridicules* de Molière y *Les Veritables Précieuses* (en verso) de Baudeau de Somaize. Molière y su editor De Luynes sacaron inmediatamente otra edición el 19 del mismo mes y consiguieron la recusación del anterior privilegio.

pojara de esos adornos, y encontraba que el éxito que habían logrado en la representación era suficientemente hermoso como para quedar ahí. Había resuelto, digo, mostrarlas solo a la luz de la candela[2] para no dar a nadie ocasión de decir el refrán; y no quería que saltasen del teatro de Bourbon a la galería del Palais.[3] No he podido evitarlo, sin embargo, y he sufrido la desgracia de ver en manos de los libreros una copia robada de mi obra, acompañada por un privilegio conseguido por sorpresa. Aunque he gritado: «¡Oh, tiempos, oh, costumbres!»,[4] se me ha hecho comprender la necesidad en que me hallaba de imprimirla o de tener un proceso;[5] y este último mal es todavía peor que el primero. Por tanto hay que dejarse llevar por el destino y consentir en algo que no dejarían de hacer sin mí.

¡Qué complicación extraordinaria, Dios mío, que haya que sacar un libro a la luz, y que un autor sea novato la primera vez que lo imprimen! Y si al menos me hubieran dado tiempo, habría podido pensar mejor en

2. En el original, *chandelle*. Molière juega con el doble significado del término: «vela», «candela», y también las candilejas del escenario. En cuanto al refrán aludido: «*Chandelle* se dice proverbialmente en estas palabras...: "esa mujer es hermosa *à la chandelle*, pero la luz del día echa todo a perder", queriendo decir que la luz permite descubrir fácilmente los defectos» (Furetière).

3. En la galería del Palais de Justice tenían tienda abierta varios libreros/editores como Guillaume de Luyne, Claude Barbin y Charles de Sercy, que lo fueron de Molière.

4. *«O tempora, o mores»*, expresión muy divulgada, procedente de una exclamación de Cicerón en sus *Catilinarias* (I, 1, 2).

5. Pese a la rapidez con que Molière y su editor quisieron evitar un proceso, este se produjo contra un hombre de paja de Ribou, Baudeau de Somaize, que consiguió un privilegio para editar su versión en verso de *Las preciosas ridículas* (12 de abril). Los dos libreros terminaron llegando a un acuerdo.

mí mismo y habría tomado todas las precauciones que los señores autores, ahora colegas míos, suelen tomar en tales ocasiones. Además de algún gran señor al que hubiera podido tomar, a pesar suyo, como protector de mi obra, y cuya liberalidad habría tentado con una epístola dedicatoria muy florida,[6] habría tratado de hacer un bello y docto prefacio, pues no me faltan libros que me habrían proporcionado todas las cosas cultas que pueden decirse sobre la tragedia y la comedia, la etimología de ambas, su origen, su definición y lo demás.

También habría hablado con mis amigos, que no me habrían negado, para recomendar mi obra, versos franceses o versos latinos. Los tengo incluso que me habrían alabado en griego, y nadie ignora que una alabanza en griego es de una eficacia maravillosa en la cabecera de un libro. Pero me sacan a la luz sin darme tiempo a recuperarme[7] y no puedo siguiera lograr la libertad de decir dos palabras para justificar mis intenciones sobre el argumento de esta comedia. Me habría gustado mostrar que está en su totalidad dentro de los límites de la sátira honesta y permitida; que las cosas más excelentes están sujetas a ser copiadas por malos monos que merecen ser manteados; que esas viciosas imitaciones de lo que hay de más perfecto han sido desde siempre la materia de la comedia; y que por la misma razón que a los verdaderos sabios y a los verdaderos valientes no se les ocurre ofenderse con el Doctor de las comedias ni con el Capitán, tampoco a los jueces, a los príncipes y a los

6. La ironía parece apuntar a Corneille, que había dedicado su *Horacio* al cardenal Richelieu y su *Cinna* al financiero Montoron.

7. El privilegio es del 19 de enero de 1660 y, según el colofón, se acabó de imprimir el día 29 de ese mismo mes.

reyes viendo a Trivelín[8] o a algún otro sobre escena haciendo ridículamente de juez, de príncipe o de rey, así las verdaderas preciosas harían mal ofendiéndose cuando aparecen en el escenario las ridículas que las imitan mal. Pero, en fin, como he dicho, no me dejan tiempo siquiera para respirar, y el señor De Luynes quiere llevarme a encuadernar ahora mismo: ¡sea en buena hora, puesto que Dios lo ha querido!

8. El Doctor y el Capitán son personajes tópicos de la farsa italiana, como Arlequín, Pierrot o Colombina. En cuanto a Trivelín (Trivellino), era el apodo de un bufón de la *commedia dell'arte* llamado Domenico Locatelli, que había trabajado en el Petit-Bourbon desde 1645, encarnando sobre todo a criados astutos.

Los personajes

LA GRANGE / DU CROISY } pretendientes rechazados

GÓRGIBUS, buen burgués

MADELÓN, hija de Górgibus / CATHOS, sobrina de Górgibus } preciosas ridículas

MARITA, criada de las preciosas ridículas

ALMANZOR, lacayo de las preciosas ridículas

EL MARQUÉS DE MASCARILLA, criado de La Grange

EL VIZCONDE DE JODELET, criado de Du Croisy

DOS PORTEADORES DE SILLA DE MANO

VECINAS

VIOLINES

[CELIMENA][9]

[TRES O CUATRO ESPADACHINES]

9. Personaje añadido en la edición de 1682 de las *Œuvres* de Molière.

Escena I

La Grange, Du Croisy

DU CROISY.—Señor La Grange...

LA GRANGE.—¿Qué?

DU CROISY.—Miradme un poco sin reíros.

LA GRANGE.—¿Y bien?

DU CROISY.—¿Qué decís de nuestra visita? ¿Estáis muy satisfecho?

LA GRANGE.—En vuestra opinión, ¿tenemos motivos para estarlo los dos?

DU CROISY.—A decir verdad, de ninguna manera.

LA GRANGE.—Por lo que a mí se refiere, os confieso que estoy muy escandalizado. Decidme, ¿se ha visto alguna vez a dos necias[10] provincianas hacerse más las difíciles que estas, y a dos hombres tratados con más desprecio que nosotros? A duras penas

10. En el original, *pecques*: para unos, abreviatura de *pécore*, «boba, estúpida, que tiene dificultades para pensar algo»; para el *Dictionnaire de l'Académie française* (1694), término injurioso y despectivo «que se dice de una mujer necia, impertinente y que se deja embaucar».

se han decidido a ordenar que nos ofrecieran sillas. Nunca he visto cuchichear tanto al oído como han hecho entre sí, ni tanto bostezar, ni tanto restregarse los ojos ni preguntar tantas veces: «¿Qué hora es?». ¿Han respondido algo más que sí o no a cuanto hemos podido decirles? ¿Y no me confesaréis, en fin, que si hubiéramos sido las personas más miserables del mundo, no podía tratársenos peor de cómo nos han tratado?

DU CROISY.—Me parece que os lo tomáis demasiado a pecho.

LA GRANGE.—Desde luego que así me lo tomo, y tanto que quiero vengarme de tanta impertinencia. Sé las causas de ese desprecio. El aire precioso no ha infectado París únicamente, también se ha difundido por provincias, y nuestras ridículas doncellas han aspirado su buena ración. En una palabra, su persona es un mejunje[11] de preciosa y de coqueta: veo lo que hay que ser para que lo reciban bien a uno, y, si me hacéis caso, ambos les jugaremos una mala pasada que les hará ver su necedad y que podrá enseñarlas a conocer un poco mejor su mundo.

DU CROISY.—¿Y cómo haremos?

LA GRANGE.—Tengo cierto criado llamado Mascarilla, que en opinión de muchos pasa por una especie de

11. En el original, *ambigu*: «colación mechada donde se sirven juntas la carne y la fruta, de suerte que se duda si es una simple colación o una cena» (Furetière). Por *preciosa* ese mismo diccionario entiende «mujeres de gran mérito y gran virtud que conocían bien la sociedad y la lengua», mientras que las *coquetas* «tratan de comprometer a los hombres y no quieren comprometerse».

ingenio;[12] ahora no hay nada tan barato como el ingenio. Es un extravagante al que se le ha metido en la cabeza querer hacerse hombre de condición.[13] Suele preciarse de hombre de mundo, y de versos, y desprecia a los demás criados hasta llamarlos animales.

DU CROISY.—Bueno, ¿y qué pretendéis hacer con él?

LA GRANGE.—¿Qué pretendo hacer con él? Es necesario... Pero salgamos antes de aquí.

Escena II

Górgibus, Du Croisy, La Grange

GÓRGIBUS.—Bueno, ya habéis visto a mi sobrina y a mi hija; ¿irán bien las cosas del amor? ¿Qué resultado ha tenido la visita?

LA GRANGE.—Mejor podríais saberlo por ellas que por nosotros. Lo único que podemos deciros es que os agradecemos el favor que nos habéis hecho y quedamos vuestros muy humildes servidores.[14]

[DU CROISY.—Vuestros muy humildes servidores.]

GÓRGIBUS.—*[Solo.]* Vaya, parece que salen poco satis-

12. En el original, *bel esprit*: en origen (la novela *Clélie*, 1660, de Mademoiselle de Scudéry) designaba un ideal de distinción intelectual, pero en sus *Máximas* (1683), La Rochefoucauld (1613-1680) ya lo define como «pretensión a lo brillante».

13. Hay una diferencia entre el hombre de «calidad» —que es un personaje de buena cuna y se sitúa dentro del Estado— y el hombre de «condición», menos importante, aunque también está lejos de pertenecer al «común».

14. Fórmula irónica: un gentilhombre da las gracias a un burgués.

fechos de aquí. ¿De dónde podría venir su descontento? He de saber lo que ocurre. ¡Hola!

Escena III

Marita, Górgibus

MARITA.—¿Qué deseáis, señor?
GÓRGIBUS.—¿Dónde están vuestras amas?
MARITA.—En su gabinete.[15]
GÓRGIBUS.—¿Qué están haciendo?
MARITA.—Pomada para los labios.
GÓRGIBUS.—Mucho pomadean esas... Decidles que bajen. Creo que, con sus pomadas, estas granujas están tratando de arruinarme. Por todas partes no veo más que claras de huevo, leche virginal[16] y otras mil fruslerías que no conozco. Desde que estamos aquí han gastado el tocino[17] de una docena de cerdos por lo menos, y cuatro criados vivirían todos los días con las patas de carnero que emplean.

15. «El lugar más apartado en el aposento más hermoso de las grandes casas» (Furetière). «Lugar en una casa donde están los libros o alguna otra cosa según la profesión o el humor de la persona que vive en ella» *(Dictionnaire de l'Académie française).*

16. «Cierto licor para blanquear las manos y la cara... compuesto de dos aguas: litargirio de oro... y sal gema o alumbre de roca... También se hace con agua de nenúfar de litargirio de plata y un poco de albayalde» (Furetière).

17. Se utilizaba en la preparación de cremas de belleza, bajo el nombre culto de *lanolina*.

Escena IV

Madelón, Cathos, Górgibus

GÓRGIBUS.—¿Es muy necesario, realmente, hacer tanto gasto para engrasaros el morro? Decidme, si no es molestia, ¿qué les habéis hecho a esos señores para que los vea irse con tanta frialdad? ¿No os había ordenado recibirlos como a las personas que yo quería daros por maridos?

MADELÓN.—¿Y qué estima, padre mío, queréis que hagamos del irregular comportamiento de esas gentes?

CATHOS.—¿Qué medio hay, tío mío, para que una joven algo razonable pueda acomodarse con sus personas?

GÓRGIBUS.—¿Tenéis algo que reprocharles?

MADELÓN.—¡Bonita galantería la suya! ¿Cómo? ¡Empezar primero por el matrimonio!

GÓRGIBUS.—¿Y por dónde quieres que empiecen? ¿Por el concubinato? ¿No es un proceder del que ambas tenéis motivos para felicitaros tanto como yo? ¿Hay algo más cortés que eso? Y ese vínculo sagrado al que aspiran, ¿no es testimonio de la honestidad de sus intenciones?

MADELÓN.—¡Ay, padre mío! Lo que decís es propio del más redomado burgués.[18] Me da vergüenza oíros hablar así, y alguien debería enseñaros un poco el *bel air*[19] de las cosas.

18. Burgués se opone «a un hombre de la corte, para significar un hombre poco galante, poco espiritual, que vive y razona a la manera del bajo pueblo» (Furetière).

19. Buen tono, aire elegante, ser o estar de moda, ser o no ser de calidad; utilizan esta expresión preciosas, abates, petimetres, etc.

GÓRGIBUS.—Me importa un bledo el aire y la canción. Te repito que el matrimonio es una cosa santa y sagrada, y que empezar por eso como han hecho es obrar como gente honesta.

MADELÓN.—Dios mío, si todo el mundo fuera como vos, ¡qué pronto se acabaría una novela! ¡Linda cosa sería que Cyrus empezara casándose con Mandane, y que Aronce se casara sin el menor obstáculo con Clélie![20]

GÓRGIBUS.—Pero ¿qué viene a contarme esta?

MADELÓN.—Padre mío, ahí está mi prima, que os dirá, tan bien como yo, que el matrimonio nunca debe llegar sino después de las demás aventuras. Para ser agradable, es preciso que un pretendiente sepa declamar los bellos sentimientos; expresar lo dulce, lo tierno y lo apasionado, y que su cortejo se atenga a las formas. En primer lugar, debe ver en el templo,[21] o en el paseo, o en alguna ceremonia pública a la

20. Héroes de dos novelas de Mademoiselle de Scudéry: *Artamène ou le Grand Cyrus*, publicado en diez volúmenes (1649-1653); al año siguiente empezó a editarse *Clélie, histoire romaine* en otros diez volúmenes concluidos en 1660. Ambas eran novelas de iniciación amorosa, con personajes que seguían fielmente las reglas y normas del amor «precioso».

21. El término *église* («iglesia») no se empleaba en los escenarios «por respeto» a su carácter sagrado. Molière solo lo utilizará una vez en *El Tartufo*. Por otro lado, los clásicos preferían al término particular el más general de *temple*, propio además del estilo elevado. La iglesia «es solamente para ver o hacerse ver, bromear, sonreír, charlar, resolver las partes, tomar cita para libertinajes y hacer servir los santos lugares a las prácticas de la iniquidad», según el abate d'Aubignac. Está ya en el origen español del Don Juan, que «no diba por ir a misa / ni pa estar atento a ella, / que diba por ver las damas, / las que van guapas y frescas» *(Romance del galán y la calavera)*.

persona de la que se enamora; o bien ser fatalmente llevado a casa de la mujer por un pariente o un amigo, y salir de ella completamente soñador y melancólico. Durante algún tiempo oculta su pasión al objeto amado, pero sin embargo le hace varias visitas,[22] en las que nunca deja de ponerse sobre el tapete un tema galante que pone a prueba el ingenio de los reunidos. Llega el día de la declaración, que ordinariamente debe hacerse en la alameda de algún parque, cuando los acompañantes están algo apartados; y esa declaración va seguida de un rápido enojo, que se muestra en nuestro rubor y que durante un tiempo destierra al pretendiente de nuestra presencia. Luego él halla medio de calmarnos, de acostumbrarnos insensiblemente al discurso de su pasión, y de sacar de nosotras esa confesión que tanto esfuerzo cuesta. Más tarde vienen las aventuras, los rivales que ponen obstáculos a una inclinación decidida, las persecuciones de los padres, los celos concebidos por falsas apariencias, las quejas, las desesperaciones, los raptos[23] y lo que sigue.[24] Así es como se hacen las cosas según los buenos modales, que son reglas estas de las que, en buena galantería, no puede una dispensarse. Pero llegar de buenas a primeras a la unión conyugal, hacer la corte a una mu-

22. Las visitas se hacían de dos a cinco de la tarde; luego venía la merienda, para cenar a las ocho y terminar con la *assemblée* o reunión, para la que cursaba invitaciones la dueña de la casa.

23. La enumeración de «rivales», «persecuciones», «celos»... es progresiva y sigue los pasos de las novelas de la época. Según Furetière, en lugar de decir «Voy por el tomo octavo» de una novela, se decía «Voy por el octavo rapto», para indicar el lugar a que se había llegado en su lectura.

24. Expresión despectiva para indicar el matrimonio.

jer solo al firmar el contrato del matrimonio y coger precisamente la novela por la cola...[25] Os lo repito, padre mío, no hay nada más mercantil que ese proceder y siento náuseas a la sola visión que eso me produce.

GÓRGIBUS.—¿Qué diablo de jerigonza estoy oyendo? ¡Vaya un estilo elevado!

CATHOS.—En efecto, tío, mi prima da en la verdad del asunto. ¿Qué medio hay de recibir bien a gentes que son completamente incongruos en galantería? Apostaría que nunca han visto el Mapa de Ternura,[26] y que Billetes de Amor, Delicadezas, Billetes Galantes y Lindos Versos son tierras ignotas para ellos. ¿No veis que toda su persona lo indica y que no tienen ese aire que enseguida inspira buena opinión de la gente? ¿A quién se le ocurre venir de visita amorosa con una pernera completamente lisa,[27] un sombrero desarmado de plumas, una cabeza irregular en cabellos y un traje que sufre una indigencia de cintas? Dios mío, ¿qué clase de pretendientes son esos? ¡Qué frugalidad de atuendo y qué sequedad de con-

25. Expresión que se emplea «cuando no se dicen las cosas en su continuación natural» (Furetière).

26. El Mapa de Ternura *(Carte de Tendre)* figuraba en el primer volumen de la *Clélie* (1654) de Mademoiselle de Scudéry y causó furor a raíz de su publicación, aunque la diversión ya se conocía en tiempos del *Roman de la Rose*. Era una representación de las diferentes etapas que debían seguir los enamorados del país imaginario de la Ternura para culminar su pasión por la mujer amada de acuerdo con las normas «preciosas». Villas y poblaciones como Billetes Galantes, Delicadezas, etc., eran etapas obligadas de ese recorrido. Las «tierras ignotas» están fuera de esos límites y son zonas misteriosas que impiden la consecución de los favores.

27. Sin los cañones impuestos por la moda; véase *infra* la nota 48.

versación! ¡Ni se soporta ni se aguanta! He observado además que sus golillas no son de buena hechura, y que es menester más de medio pie largo para que sus calzas sean lo suficientemente anchas.

GÓRGIBUS.—Creo que están locas las dos, que no consigo entender nada de este galimatías. Cathos, y vos, Madelón...

MADELÓN.—Por favor, padre mío, deshaceos de esos nombres extraños y llamadnos de otro modo.

GÓRGIBUS.—¡Cómo que nombre extraños! ¿No son vuestros nombres de pila?

MADELÓN.—¡Dios mío, qué vulgar sois! Por mi parte, uno de mis asombros es que hayáis podido hacer una hija de espíritu tan puro como yo. En el estilo elegante, ¿se ha hablado alguna vez de Cathos o de Madelón? ¿Y no me confesaréis que bastaría uno de esos nombres para desprestigiar la más bella novela del mundo?

CATHOS.—Esa es la verdad, tío mío; un oído algo delicado sufre furiosamente[28] al oír pronunciar esas palabras, y el nombre de Polixena que mi prima ha elegido, y el de Aminta,[29] que yo me he dado, tienen una gracia con la que es preciso que estéis de acuerdo.

GÓRGIBUS.—Escuchad, que bastan dos palabras: no comprendo que tengáis otros nombres que los que

28. El adverbio más utilizado por el lenguaje precioso para reforzar en intensidad al verbo.

29. Polixena deriva de *Polixène* (1627), novela pastoril de gran éxito en la época, original de François de Molière d'Essertines (h. 1660-1624), continuada por Charles Sorel en 1634. Cathos elige Aminta, nombre de un personaje, confidente de Alcidiane, de la novela *Polexandre* (1632-1637), de Martin le Roy de Gombreville (1600-1674), aunque también figura en otras obras como *L'Astrée* de Honoré d'Urfé (1568-1625).

os fueron dados por vuestros padrinos y madrinas, y en cuanto a esos señores de los que hablamos, conozco a sus familias y su patrimonio, y exijo absolutamente que os dispongáis a aceptarlos por maridos. Estoy cansado de llevaros en brazos, que la guarda de dos doncellas es carga demasiado pesada para un hombre de mi edad.

CATHOS.—En cuanto a mí, tío, lo único que puedo deciros es que el matrimonio me parece totalmente espantoso. ¿Cómo se puede aguantar la idea de acostarse junto a un hombre verdaderamente desnudo?[30]

MADELÓN.—Permitid que tomemos un poco de aliento entre la alta sociedad de París, adonde apenas acabamos de llegar. Dejadnos hacer a placer el tejido de nuestra novela y no apresuréis tanto su final.

GÓRGIBUS.—*[Aparte.]* ¡No hay duda, están rematadas! *[En alto.]* Os lo repito, no entiendo nada de todas esas pamplinas; quiero ser amo absoluto; y, para zanjar todo tipo de discusiones, o dentro de muy poco estáis casadas las dos, o palabra que seréis monjas: lo juro solemnemente.

Escena V

Cathos, Madelón

CATHOS.—¡Dios mío, querida! ¡Qué hundida tiene tu padre la forma en la materia![31] ¡Qué espesa es su inteligencia y cuánta oscuridad hay en su alma!

30. La pudibundez es uno de los rasgos del preciosismo.
31. «El alma razonable es la forma del hombre» (Furetière).

MADELÓN.—¿Qué quieres, querida? Por él estoy sumida en confusión. Me cuesta convencerme de que yo pueda ser realmente hija suya y creo que, un día, alguna aventura vendrá a revelar un nacimiento más ilustre.

CATHOS.—Y yo bien lo creería, sí, tiene todas las apariencias del mundo, y por lo que a mí se refiere, cuando me miro también...

Escena VI

Marita, Cathos, Madelón

MARITA.—Hay un lacayo que pregunta si estáis en casa y dice que su amo quiere venir a veros.

MADELÓN.—Aprended, necia, a enunciaros menos vulgarmente. Decid: «Hay un necesario[32] que pregunta si estáis en comodidad de ser visibles».

MARITA.—¡Toma ya! Yo no entiendo el latín y no he aprendido, como vos, la filosofía en *El Gran Tiro*.[33]

MADELÓN.—¡Qué tonta! ¿Hay manera de sufrir esto? ¿Y quién es el amo de ese lacayo?

MARITA.—Me lo ha llamado el marqués de Mascarilla.

MADELÓN.—¡Ay, querida, un marqués! Sí, id a decir

Con terminología aristotélica, Cathos afirma que el alma de su padre está hundida en el cuerpo. Somaize, en su citada traducción en verso, vierte la expresión como «Tenéis el alma material».

32. «Las Preciosas han llamado a un lacayo un necesario porque siempre se tiene necesidad de él» (Furetière). En el lenguaje precioso se había sustantivado.

33. Marita titula *Cire* en vez de *Cyrus*; *Grand Cyre* tiene como homofonía «*grand sire*» («gran señor»).

que se nos puede ver. Sin duda es un *espíritu elevado* que habrá oído hablar de nosotras.

CATHOS.—A buen seguro, querida.

MADELÓN.—Hay que recibirlo en esta sala baja[34] mejor que en nuestros aposentos. Arreglémonos un poco los cabellos por lo menos y sostengamos nuestra reputación. Deprisa, venid a tendernos aquí dentro[35] el consejero de las gracias.[36]

MARITA.—A fe mía que no sé qué animal es ese: tenéis que hablar en cristiano, si queréis que os entienda.

CATHOS.—Traednos el espejo, ignorante, que no sois más que una ignorante, y guardaos de ensuciar su azogue comunicándole vuestra imagen.

[Salen.]

Escena VII

Mascarilla,[37] Dos Porteadores

MASCARILLA.—¡Hola, porteadores, hola! Ya, ya, ya, ya, ya, ya. ¡Creo que estos bribones pretenden hacerme

34. En las casas burguesas, sala de la planta baja, que da a la calle.
35. El gabinete contiguo a la sala baja donde están.
36. El espejo, en lenguaje precioso, aunque la imagen tiene siglos: ya figura en el poeta latino Marcial (*Epigramas*, IX, 17) y se repite en varios escritores posteriores.
37. Mascarilla entra con dos porteadores en una silla de mano, aparato de reciente invención; las puso de moda el duque de Buckingham en 1619 y las llevó de Inglaterra a Francia el marqués de Montbrun; el privilegio que permitía alquilarlas en Francia data de 1639. Estaban cubiertas, requerían de dos porteadores y se reservaban para una élite social.

trizas a fuerza de chocar contra las paredes y el empedrado!

PRIMER PORTEADOR.—¡Maldita sea! Es que la puerta es estrecha y, además, habéis querido que entrásemos hasta aquí.

MASCARILLA.—Por supuesto. ¿Querríais, tunantes, que expusiese la plena salud de mis plumas a las inclemencias de la estación lluviosa y que fuera a imprimir mis zapatos en barro? Venga, quitad vuestra silla de aquí.

SEGUNDO PORTEADOR.—Pagadnos, pues, señor, si os place.

MASCARILLA.—¿Cómo?

SEGUNDO PORTEADOR.—Digo, señor, que nos deis el dinero, si os place.

MASCARILLA.—*(Dándole un bofetón.)* ¿Cómo, granuja? ¡Pedir dinero a una persona de mi calidad!

SEGUNDO PORTEADOR.—¿Así es como se paga a la pobre gente? ¿Nos da de cenar vuestra calidad?

MASCARILLA.—¡Ah, ah, ah! ¡Ya os enseñaré yo a saber quiénes sois! ¡Estos canallas se atreven a burlarse de mí!

PRIMER PORTEADOR.—*(Cogiendo uno de los varales de su silla.)* ¡Venga, pagadnos al instante!

MASCARILLA.—¿Cómo?

PRIMER PORTEADOR.—Digo que quiero tener ahora mismo el dinero.

MASCARILLA.—Este es razonable.

PRIMER PORTEADOR.—Deprisa entonces.

MASCARILLA.—Claro que sí. Tú sí que hablas como es debido, pero el otro es un granuja que no sabe lo que dice. Toma, ¿estás contento?

PRIMER PORTEADOR.—No, no estoy contento; le habéis dado un bofetón a mi compañero y... *[Alzando el varal.]*

MASCARILLA.—¡Más despacio! Toma, aquí tienes por el bofetón. De mí se puede conseguir todo cuando se emplean los buenos modales. Marchaos y venid a recogerme dentro de un rato para ir al Louvre, al *petit coucher*[38] del rey.

Escena VIII

Marita, Mascarilla

MARITA.—Señor, dentro de un momento saldrán mis amas.

MASCARILLA.—Que no tengan prisa: estoy aquí cómodamente apostado para esperar.

MARITA.—Ya vienen.

Escena IX

Madelón, Cathos, Mascarilla, Almanzor

MASCARILLA.—*(Después de saludar.)* Mis muy señoras mías,[39] habréis quedado sorprendidas sin duda por

38. Tras el *grand coucher*, ritual en el que el rey saludaba a gran número de cortesanos, tenía lugar una nueva ceremonia, el *petit coucher*, en la que el rey retenía a su lado a la familia real, a la élite de los cortesanos y a los oficiales del servicio de su cámara hasta que se acostaba. Por supuesto, Mascarilla no gozaba del privilegio de permanecer en la cámara real entre estos últimos.

39. Mascarilla halaga con el título de *Madame*, reservado para

la audacia de mi visita, pero es vuestra reputación lo que os procura este desagradable asunto, que el mérito ejerce sobre mí hechizos tan poderosos que corro por todas partes tras él.

MADELÓN.—Si perseguís el mérito, no es en nuestras tierras donde debéis cazar.

CATHOS.—Para ver el mérito en nuestra casa es menester que vos lo hayáis traído.

MASCARILLA.—Ah, me permito disentir de vuestras palabras. La fama se muestra justa contando lo que valéis, y vais a dar pique, repique y capote[40] a toda la galantería de París.

MADELÓN.—Vuestra complacencia lleva algo demasiado lejos la liberalidad de sus alabanzas; y mi prima y yo no nos preocupamos de tomar en serio la dulzura de vuestra lisonja.

CATHOS.—Habría que ordenar, querida, que traigan sillas.

MADELÓN.—¡Hola, Almanzor![41]

ALMANZOR.—Señora.

MADELÓN.—Pronto, acarreadnos hasta aquí las comodidades de la conversación.

---

personas de calidad, a unas jóvenes burguesas a las que se ajustaría mejor el de *Mademoiselles* («señoritas»).

40. Términos de un antiguo juego de cartas, el *piquet* (en español, «juego de los cientos»). Con los tres se indica que un jugador logra muchos puntos sin que el adversario consiga ninguno. «*Pic* se dice cuando el primero que juega puede contar 30 puntos sin que su adversario cuente ninguno; entonces suma 60 en lugar de 30. El *repic* es cuando se cuentan 30 sobre la mesa sin jugar; entonces se suman 90. [...] *Capot* se dice cuando uno de los jugadores levanta todas las cartas, y entonces gana 40 puntos» (Furetière).

41. Nombre del enamorado de la princesa Alabiana en la novela en cinco volúmenes *Polexandre* (1632-1637), de Gombreville.

MASCARILLA.—Pero, al menos, ¿habrá aquí seguridad para mí?

[Almanzor sale.]

CATHOS.—¿Qué teméis?

MASCARILLA.—Algún robo de mi corazón, algún asesinato de mi franqueza.[42] Veo aquí unos ojos que tienen cara de ser muy bandidos, de insultar[43] las libertades y de tratar a un alma como el turco al moro.[44] ¡Cómo!, diablo, antes de acercarse uno a ellos se ponen en su guardia asesina. ¡A fe que no me fío de ellos y voy a poner pie en polvorosa, exijo caución burguesa[45] de que no me harán daño!

MADELÓN.—Querida mía, este tiene un carácter entusiasta.

CATHOS.—De sobra veo que es un Amílcar.[46]

MADELÓN.—No temáis: no son malvados los designios de nuestros ojos y vuestro corazón puede dormir tranquilo sobre su probidad.

CATHOS.—Pero os ruego, señor, que no seáis inexorable con ese sillón que os tiende los brazos hace un cuarto de hora; contentad un poco el deseo que tiene de abrazaros.

42. Libertad, en lenguaje precioso (Furetière).

43. *Insulter*: término nuevo con idea de agresión y propio del lenguaje militar. *Insulte*: «se dice de un asalto que se da bruscamente y al descubierto a una plaza sin asediarla según las formas».

44. La expresión revela la brutalidad con que los otomanos habían sometido a los árabes del norte de África.

45. Término comercial: «Garantía proporcionada por un hombre viable y solvente (un burgués)» (Forestier).

46. Nombre del enamorado de la princesa Alabiana en la ya citada novela *Polexandre*, de Gombreville.

MASCARILLA.—*(Después de haberse peinado*[47] y de haber ajustado sus cañones.)[48] Y bien, señoras mías, ¿qué decís de París?

MADELÓN.—¡Ay! ¿Qué podríamos decir? Habría que ser el antípoda de la razón para no confesar que París es el gran negociado de las maravillas, el centro del buen gusto, del *bel esprit* y de la galantería.

MASCARILLA.—Por mi parte sostengo que fuera de París no hay salvación para las gentes honestas.

CATHOS.—Esa es una verdad incontestable.

MASCARILLA.—Hay algo de barro, pero tenemos la silla de manos.[49]

MADELÓN.—Cierto que la silla es un baluarte maravilloso contra los insultos del barro y del mal tiempo.

MASCARILLA.—¿Recibís muchas visitas? ¿Qué bello ingenio es de los vuestros?

MADELÓN.—¡Ay! Aún no somos conocidas; pero estamos a punto de serlo, que tenemos una amiga ínti-

47. «Una vez que estéis sentado y que hayáis hecho vuestros primeros cumplidos, [...] será conveniente [...] sacad de vuestro bolsillo un peine de cuerno cuyos dientes estén muy alejados uno del otro y peinad despacio vuestros cabellos, sean naturales o prestados», aconseja Charles Sorel en sus *Loix de la galanterie* (1644).

48. En el original, canon: «Ornamento de lienzo redondo, muy ancho y a menudo adornado de puntillas que se ciñe por debajo de la rodilla y cuelga hasta la mitad de la pierna para cubrirla» (Furetière). Según el *Dictionnaire* de Richelet, podían ser de tela, de sarga o de seda, iban fruncidos y acompañados de cintas, y arrancaban desde los calzones. Llegaban a formar uno, dos o incluso tres pisos de encajes, como los que lleva Mascarilla. Su amplitud resultaba en 1658 de una «extravagancia insoportable» a dos viajeros holandeses, porque prácticamente impedían la marcha. Descritos como moda en 1644 por Charles Sorel, dos décadas después ya estaban desfasados.

49. Véase *supra*, nota 37, pág. 64.

ma que nos ha prometido traer aquí a todos los caballeros de la *Colección de piezas selectas*.[50]

CATHOS.—Y algunos más que también nos han nombrado como árbitros soberanos de las cosas bellas.

MASCARILLA.—Soy yo quien os ha de servir en este asunto mejor que nadie: todos ellos me visitan y puedo decir que nunca me levanto sin media docena de ingenios a mi alrededor.[51]

MADELÓN.—¡Ay, Dios mío!, os quedaremos agradecidas hasta el último agradecimiento si nos hacéis ese favor, porque, en fin, hay que hacer conocimiento de todos esos señores si se quiere pertenecer a la bella sociedad. Son ellos los que ponen en movimiento la reputación en París y, como sabéis, hay alguno cuyo solo trato basta para daros reputación de entendida, aunque no haya otra cosa más que eso. Pero, en cuanto a mí, lo que particularmente aprecio es que, mediante esas visitas que ejercitan el espíritu, una se instruye en cien cosas que hay que saber obligatoriamente y que corresponden a la esencia de un *bel esprit.* Así se entera una cada día de las pequeñas noticias galantes, los bonitos intercambios en prosa y en versos. Se sabe muy oportunamente: «Fulano ha escrito la pieza más bella del mundo sobre tal tema; Fulana ha escrito la

50. En la cuarta edición (1657) de esa antología de *Poésies choisies de MM. Corneille, Benserade...*, en 5 volúmenes, del librero Charles de Sercy, figuraban nombres como Corneille, Benserade, Scudéry, Cotin, Sarasin, Boisrobert, etc.

51. Los grandes señores que se preciaban de mecenazgo de los escritores recibían a estos por la mañana al levantarse, especie de imitación del *lever* del rey, o primera recepción que se daba en la corte tras levantarse el rey de la cama y antes de un breve oficio divino.

letra sobre tal melodía; este ha hecho un madrigal sobre un goce; aquel ha compuesto unas estancias sobre una infidelidad; el caballero Tal escribió ayer por la noche una décima a la señorita Cual, cuya respuesta le ha enviado ella esta mañana hacia las ocho; tal autor ha concebido tal proyecto; aquel está en la tercera parte de su novela; este otro entrega sus obras a las prensas». Eso es lo que os hace valer en las reuniones; y si se ignoran estas cosas, no daría yo un céntimo por todo el espíritu que pueda uno tener.

CATHOS.—Me parece, en efecto, que es pasarse de ridículo que una persona se jacte de espiritual y no sepa hasta la menor cuartetilla que se compone cada día; y, en lo que a mí respecta, sentiría todas las vergüenzas del mundo si hubieran de venir a preguntarme si había visto algo nuevo que no hubiera visto.

MASCARILLA.—Verdad es que resulta vergonzoso no estar al tanto de las primicias de cuanto se hace; pero no os preocupéis: quiero fundar en vuestra casa una academia de ingenios y os prometo que no se hará una pizca de verso en París que vosotras no sepáis de memoria antes que todos los demás. En cuanto a mí, tal como me veis, algo me ejercito en ello cuando quiero; y veréis correr de mi hechura, por las bellas alcobas[52] de París, doscientas canciones, otros

52. Las Preciosas recibían a sus visitas en una cámara de gala del primer piso, con cama, donde se tendía la anfitriona; flanqueaba la cama por ambos lados una *ruelle*, un espacio por el que pasaban criados y visitas. Más tarde la moda impuso la colocación de la cama en una alcoba, una especie de celda que prolongaba la habitación, por lo que los asiduos recibieron el nombre de *alcovistes*. Si

tantos sonetos, cuatrocientos epigramas y más de mil madrigales, sin contar los enigmas y los retratos.[53]

MADELÓN.—Os confieso que estoy furiosamente por los retratos; no encuentro nada más galante.

MASCARILLA.—Los retratos son difíciles y exigen un espíritu profundo. Los veréis de mi estilo que no os desagradarán.

CATHOS.—Por mi parte, amo terriblemente los enigmas.

MASCARILLA.—Ejercitan el ingenio y esta misma mañana he hecho cuatro que os daré a adivinar.

MADELÓN.—Los madrigales son agradables cuando están bien torneados.

MASCARILLA.—Ese es mi talento especial y trabajo para poner en madrigales toda la historia romana.

MADELÓN.—¡Ah! Será, desde luego, de una belleza suprema. Si lo mandáis imprimir, guardadme un ejemplar por lo menos.

MASCARILLA.—Os prometo uno a cada una, y de los mejor encuadernados. Publicarlos está por debajo de mi condición;[54] pero únicamente lo hago para que ganen dinero los libreros que me persiguen.

---

ruelle fue el primer nombre empleado, no tardó en imponerse «salón», de procedencia italiana. «Los galanes se jactan de ser gentes de *ruelles*, de ir a visitar a las bellas» (Furetière).

53. Los poetas preciosos se ejercitaban denodadamente en todos estos géneros; el abate Cotin (satirizado por Molière en *Las mujeres sabias*) se consideraba el «padre del enigma francés», género sobre el que, además de una colección de «enigmas de este tiempo» (1645, varias veces reeditado), escribió un *Discours sur les énigmes* (1659). Enigmas, retratos, etc., no tardaron mucho en convertirse en objeto de burla.

54. Un gentilhombre no podía ponerse a la altura de los escritores pordioseros que mendigaban la subsistencia de la nobleza;

MADELÓN.—Imagino que es grande el placer de verse impreso.[55]

MASCARILLA.—Desde luego. Pero, a propósito, tengo que deciros una improvisación[56] que hice ayer en casa de una duquesa amiga mía, a la que fui a visitar; porque soy endiabladamente fuerte con las improvisaciones.

CATHOS.—La improvisación es precisamente la piedra de toque del ingenio.

MASCARILLA.—Escuchad pues.

MADELÓN.—En ello estamos con todas nuestras orejas.

MASCARILLA.—

¡Oh! ¡Oh! No estaba atento a ello:
mientras que, sin pensar mal, os miro,
vuestros ojos de tapadillo me roban el corazón.
¡Al ladrón, al ladrón, al ladrón, al ladrón![57]

---

por eso no publicaban los escritos con su nombre. La Rochefoucauld (1613-1680) no firmó sus *Maximes* (1664-1678), la marquesa de Lafayette (1634-1696) tomó el apellido de su amigo Segrais para *La Princesse de Clèves* (1678), los descendientes de Honoré d'Urfé (1567-1625) sintieron vergüenza de tener por abuelo al autor de *L'Astrée*, y un burgués como La Bruyère (1645-1696) dejó a la hija de su librero los derechos de autor de sus *Caractères* (1688).

55. Placer del que se ha burlado Molière en el prefacio de esta misma pieza.

56. En el original, *impromptus*: improvisación, género de moda en los salones; los galanes, convertidos en poetas, improvisaban poemas, más o menos sobre la marcha, para demostrar su facilidad para versificar.

57. Molière utiliza un tópico de la poesía galante, el del «corazón robado», siguiendo un divertimento mundano en el que un galán acusa a una dama de haberle robado el corazón.

CATHOS.—¡Ay, Dios mío! Eso sí que está expresado en el colmo de lo galante.

MASCARILLA.—Todo cuanto hago tiene el aire caballero;[58] no huele a pedante.

MADELÓN.—Está a más de dos mil leguas alejado de eso.

MASCARILLA.—¿Habéis notado ese comienzo: *¡Oh! ¡Oh!*? ¡Qué extraordinario!: *¡Oh! ¡Oh!* Como un hombre que de pronto se da cuenta: *¡Oh! ¡Oh!* La sorpresa: *¡Oh! ¡Oh!*

MADELÓN.—Sí, encuentro admirable ese *¡Oh! ¡Oh!*

MASCARILLA.—Y parece que no es nada.

CATHOS.—¡Ah, Dios mío!, ¡qué decís! Son esa clase de cosas las que no se pueden pagar.

MADELÓN.—Desde luego, y yo preferiría haber hecho esos *¡Oh! ¡Oh!* antes que un poema épico.

MASCARILLA.—¡Santo Dios! Qué buen gusto el vuestro.

MADELÓN.—Bueno, no lo tengo del todo malo.

MASCARILLA.—Pero ¿no admiráis igualmente *No estaba atento a ello*? *No estaba atento a ello*, no me daba cuenta de eso: qué forma tan natural de hablar: *No estaba atento a ello. Mientras que, sin pensar mal,* mientras que, inocentemente, sin malicia, como un pobre cordero, *os miro*, es decir, me tomo mi tiempo para consideraros, os observo, os contemplo. *Vuestros ojos de tapadillo*... ¿Qué os parece esa palabra, *tapadillo*? ¿No está bien escogida?

CATHOS.—Totalmente bien.

MASCARILLA.—*De tapadillo*, a escondidas: parece que sea un gato que acaba de atrapar un ratón: *de tapadillo.*

58. Un aire natural, sin estudio, propio del hombre de espada, opuesto al aire del hombre de estudio, el pedante.

MADELÓN.—No puede haber nada mejor.

MASCARILLA.—*Me roban el corazón*, me lo arrebatan, me lo secuestran. *¡Al ladrón, al ladrón, al ladrón, al ladrón!* ¿No diríais que es un hombre que grita y corre detrás de un ladrón para hacerlo detener? *¡Al ladrón, al ladrón, al ladrón, al ladrón!*

MADELÓN.—Hay que confesar que todo esto tiene un aire espiritual y galante.

MASCARILLA.—También quiero deciros la melodía que sobre esto he compuesto.

CATHOS.—¿Habéis aprendido música?

MASCARILLA.—¿Yo? Para nada.

CATHOS.—Entonces, ¿cómo es posible?

MASCARILLA.—Las gentes de calidad saben todo sin haber aprendido nunca nada.

MADELÓN.—Seguro, querida.

MASCARILLA.—Escuchad, a ver si la melodía es de vuestro agrado: *La, la, tra, la, la, larala*. La brutalidad de la estación ha ultrajado furiosamente la delicadeza de mi voz; pero no importa, salga como saliere y sin instrumento.[59]

(Canta.)

¡Oh! ¡Oh! No estaba atento a...[60]

CATHOS.—¡Ah! ¡Qué melodía tan apasionada! ¿No es como para morirse?

59. En el original, *c'est à la cavalière:* en su *Roman bourgeoise* (1666), Furetière se burla de los «versos a la caballera», «versos hechos por gentilhombres que no sabían las reglas, que los hacían por pura galantería sin haber leído los libros, y sin que ese fuera su oficio».

60. No se ha conservado la melodía de esta canción de Mascarilla.

MADELÓN.—Dentro tiene cromática.[61]

MASCARILLA.—¿No encontráis bien expresado el pensamiento en el canto? *¡Al ladrón!...* Y luego, como si se gritara muy fuerte: *¡al, al, al, al, al, al, ladrón!*; y, de repente, como una persona que jadea: *¡al ladrón!*

MADELÓN.—Eso es saber el fin de las cosas, el gran fin, el fin del fin. Os aseguro que todo es maravilloso: estoy fascinada con la melodía y con la letra.

CATHOS.—Nunca he visto nada con esa fuerza.

MASCARILLA.—Todo lo que hago me viene de natural, sin estudio.

MADELÓN.—La naturaleza os ha tratado como verdadera madre apasionada y sois su niño mimado.

MASCARILLA.—¿En qué pasáis el tiempo?

CATHOS.—En nada de nada.

MADELÓN.—Hasta ahora hemos estado en un espantoso ayuno de diversiones.

MASCARILLA.—Me ofrezco a llevaros uno de estos días a la comedia, si queréis, porque van a representar una nueva y me gustaría mucho que fuéramos juntos.

MADELÓN.—Eso no se rechaza.

MASCARILLA.—Pero os pido que aplaudáis como es debido cuando estemos allí; porque me he comprometido a ensalzar la obra, y el autor ha venido incluso a pedírmelo esta mañana. Aquí es costumbre que los autores vengan a nosotros, gentes de condición, a leernos sus piezas nuevas, para comprometernos a que nos parezcan bellas y a difundir la fama, y sois

61. «El segundo de los tres géneros de música, que abunda en semitonos» (Furetière). Intermedia entre la diatónica y la enarmónica, la cromática significaba, en lenguaje precioso, la pasión.

libres de pensar si el patio se atreve, cuando nosotros decimos algo, a llevarnos la contraria. En cuanto a mí, soy en este punto muy cumplidor, y cuando he dado mi palabra a algún poeta, antes incluso de que se enciendan las candilejas siempre grito: «¡Qué bello!».[62]

MADELÓN.—No me digáis más: París es un lugar admirable; a diario pasan en ella cien cosas que se ignoran en provincias, por muy espiritual que una pueda ser.

CATHOS.—Con eso basta; dado que estamos enteradas, cumpliremos nuestro deber aclamando como toca todo lo que se diga.

MASCARILLA.—Tal vez me equivoque, pero tenéis toda la pinta de haber hecho alguna obra de teatro.

MADELÓN.—¡Eh! Bien pudiera haber algo de lo que decís.

MASCARILLA.—¡Ah! ¡A fe que será menester que la veamos! Entre nosotros he escrito una que quiero hacer representar.

CATHOS.—¿Y a qué comediantes se la daréis?

MASCARILLA.—¡Bonita pregunta! ¡A los Grandes Comediantes![63] Solo ellos son capaces de realzar las

62. Los autores solían leer sus obras nuevas en los salones de la nobleza; Corneille, por ejemplo, había leído su *Poliuto* en el Hôtel de Rambouillet, y el propio Molière hizo la lectura de *Las preciosas* en varias casas de la alta nobleza; sus enemigos pretendían que había logrado sus primeros éxitos «a sombrerazos» y a base de gestiones personales.

63. El ataque va dirigido contra los comediantes del Hôtel de Bourgogne, cuyas formas de interpretar y de hablar ridiculizará Molière en *La improvisación de Versalles* (1663). El estilo interpretativo de los «Grandes Comediantes» era ampuloso y enfático, mientras Molière abogaba por una dicción natural, incluso en las

cosas, los demás son unos ignorantes que recitan como se habla; no saben hacer retumbar los versos ni detenerse en el pasaje bello; y ¿qué medio hay de saber dónde está el verso bello si el comediante no se detiene en él y no os advierte de esa forma que es entonces cuando hay que soltar el murmullo de admiración?

CATHOS.—En efecto, hay formas de hacer sentir a los oyentes las bellezas de una obra, que las cosas solo valen lo que se las hace valer.

MASCARILLA.—¿Qué os parece mi pequeña oca?[64] ¿La encontráis congrua[65] con el traje?

CATHOS.—Totalmente.

MASCARILLA.—La cinta está bien elegida.

MADELÓN.—Furiosamente bien. Es puro Perdrigeon.[66]

MASCARILLA.—¿Y qué decís de mis cañones?

MADELÓN.—Tienen muy buen aspecto.

MASCARILLA.—Puedo jactarme al menos de que son una cuarta[67] más larga de cuantos se han hecho.

---

obras trágicas; apunta sobre todo al actor Montfleury, que «nunca deja de hacer notar todos los bellos pasajes de sus papeles», según Donneau de Visé.

64. En el original, *petite-oie*: en sentido propio, «lo que se quita a una oca cuando se la prepara para asar [...], patas, [...], cuello, mollejas [...]» (Furetière). Por analogía se daba figuradamente ese nombre a los accesorios de la vestimenta: «Las cintas y guarniciones que sirven de adorno a un traje, a un sombrero [...]. Para adornar el traje, el sombrero, el nudo de espada, las medias, los guantes» (Furetière).

65. En el original, *congruante*: «Conveniente, adecuada». El término no figura en los diccionarios de la época.

66. Mercero de moda, que aparece en los testimonios de la época como el proveedor del mundo de las «preciosas».

67. «Una cuarta de [...] cinta es la cuarta parte de una vara» (Furetière), es decir, unos treinta centímetros.

MADELÓN.—Debo confesar que nunca he visto llevar tan alto la elegancia del atuendo.

MASCARILLA.—Fijad un poco sobre estos guantes la reflexión de vuestro olfato.

MADELÓN.—Huelen terriblemente bien.[68]

CATHOS.—Nunca he respirado un olor mejor acondicionado.

MASCARILLA.—¿Y este? *[Le da a oler los cabellos empolvados de su peluca.]*

MADELÓN.—Es totalmente de calidad; conmueve deliciosamente el sublime.[69]

MASCARILLA.—No me decís nada de mis plumas;[70] ¿qué os parecen?

CATHOS.—Espantosamente bellas.

MASCARILLA.—¿Sabéis que cada pluma me cuesta un luis de oro?[71] Para mis cosas tengo esta manía de buscar en todo por lo general lo más bello que hay.

MADELÓN.—Os aseguro que vos y yo simpatizamos: tengo una delicadeza furiosa por todo lo que llevo; incluso mis medias,[72] no puedo soportar que no sean de la mejor costurera.

68. La moda había impuesto guantes perfumados; los más apreciados procedían de Roma.

69. En su *Grand Dictionnaire des Précieuses*, Somaize traduce el sublime por «el cerebro».

70. Las que adornaban los sombreros de los caballeros eran de avestruz.

71. Precio exagerado, puesto que equivalía a una fortuna: unos ciento treinta euros por pluma.

72. En el original, *chaussettes*: «Medias de tela que se ponen debajo de la calza o la media de seda o de paño» (Furetière). En contacto con la piel, esos calcetines (diminutivo formado a partir de *calzas*) eran de tela y se ponían sobre la piel como si fueran vendas.

MASCARILLA.—*(Exclamando bruscamente.)* ¡Ay, ay, ay, despacio! ¡Que Dios me condene, señoras mías!, está muy mal abusar; debo quejarme de vuestro proceder; no es honesto.
CATHOS.—¿Qué pasa? ¿Qué tenéis?
MASCARILLA.—¿Cómo? ¡Las dos contra mi corazón al mismo tiempo! ¡Atacarme por la derecha y por la izquierda! ¡Ay, eso va contra el derecho de gentes!; la partida no es igual y voy a gritar que me asesinan.
CATHOS.—Hay que confesar que dice las cosas de una manera tan especial...
MADELÓN.—¡Y qué giro tan admirable de la mente!
CATHOS.—Tenéis más miedo que daño, y vuestro corazón grita antes de que lo degüellen.[73]
MASCARILLA.—¡Qué diablos! Está desollado de la cabeza a los pies.

Escena X

Marita, Mascarilla, Cathos, Madelón

MARITA.—Señora, preguntan si pueden veros.
MADELÓN.—¿Quién?
MARITA.—El vizconde de Jodelet.[74]

73. Metáfora grotesca que procede de una expresión común que ya figura en Rabelais: «ser como la angula de Melun»; hace referencia a un tal Languille, de Melun, que, haciendo el papel de san Bartolomé en un misterio, se habría puesto a gritar cuando vio llegar al actor que hacía de verdugo para desollarlo.

74. «El título de "vizconde" que lleva Jodelet está compuesto por dos sílabas sucias (*vit* ["pene"] y *con* ["coño"] son los términos utilizados con más frecuencia en el lenguaje lascivo de la época)» (Georges Forestier). El empleo de ese lenguaje equívoco será una

MASCARILLA.—¿El vizconde de Jodelet?
MARITA.—Sí, señor.
CATHOS.—¿Lo conocéis?
MASCARILLA.—Es mi mejor amigo.
MADELÓN.—Hacedlo pasar inmediatamente.
MASCARILLA.—Hace algún tiempo que no nos hemos visto y estoy encantado con este encuentro.
CATHOS.—Aquí está.

Escena XI

Jodelet, Mascarilla, Cathos, Madelón, Marita, [Almanzor]

MASCARILLA.—¡Ah, vizconde!
JODELET.—*(Los dos se abrazan.)*[75] ¡Ah, marqués!
MASCARILLA.—¡Qué encantado estoy de encontrarte!
JODELET.—¡Qué alegría verte aquí!
MASCARILLA.—Bésame otro poco, por favor.
MADELÓN.—*[A Cathos.]* ¡Ay, querida!, empezamos a ser conocidas; ya veis que la buena sociedad toma el camino para venir a vernos.
MASCARILLA.—Señoras mías, permitid que os presente

---

de las mayores acusaciones contra Molière a partir, sobre todo, de *La escuela de las mujeres*.

75. En la época, el abrazo consistía, además, en intercambios de besos. La forma espectacular en que se daban abrazos y besos provocó la protesta del clero, porque la costumbre —de la que se burla Molière en *El misántropo*— perturbaba el oficio religioso y el sermón. Además, su exceso, como practican sobre la escena Jodelet y Mascarilla, de efecto cómico seguro debido a la exageración, iba contra las normas de la civilidad.

a este gentilhombre: palabra que es digno de que lo conozcáis.

JODELET.—Justo es venir a rendiros lo que se os debe; y vuestros atractivos exigen sus derechos señoriales[76] sobre toda clase de personas.

MADELÓN.—Eso es llevar vuestras civilidades hasta los últimos confines de la adulación.

CATHOS.—Este día debe quedar señalado en nuestro almanaque como un día bienaventurado.

MADELÓN.—*[A Almanzor.]* Vamos, pequeño, ¿siempre hay que repetiros las cosas? ¿No veis que hace falta el incremento de un sillón?

MASCARILLA.—No os asombréis de ver así al vizconde: acaba de salir de una enfermedad que le ha dejado el rostro tan pálido como lo veis.

JODELET.—Frutos son de las vigilias de la corte y de las fatigas de la guerra.[77]

MASCARILLA.—¿Sabéis, señoras mías, que en el vizconde veis a uno de los hombres más valientes del siglo? Es un corajudo de pelo en pecho.

JODELET.—No me vais vos a la zaga, marqués, que ya sabemos de lo que también sois capaz.

MASCARILLA.—Cierto que ambos nos hemos encontrado en el campo de batalla.

JODELET.—Y en lugares donde hacía mucho calor.

76. Derechos medievales de los señores sobre sus vasallos: en particular, la fe y el homenaje.

77. Jodelet alude con su equívoco (la guerra como combate amoroso) a la enfermedad venérea mal curada que sufría y que le hacía hablar por la nariz. La palidez se debía a que se enharinaba el rostro de blanco. Jodelet, con algo más de sesenta años, morirá cuatro meses después del estreno de *Las preciosas ridículas*, en marzo de 1660.

MASCARILLA.—*(Mirando a las dos mujeres.)* Sí, pero no tanto como aquí. ¡Ji, ji, ji!

JODELET.—Nos conocimos en el ejército; y la primera vez que nos vimos, él mandaba un regimiento de caballería en las galeras de Malta.[78]

MASCARILLA.—Cierto; pero vos estabais en aquel puesto antes de que yo llegase; y recuerdo que yo no era más que un pequeño oficial cuando vos mandabais dos mil caballos.

JODELET.—Cosa hermosa es la guerra; y a fe que la corte recompensa hoy muy mal a las gentes de servicio[79] como nosotros.

MASCARILLA.—Por eso quiero colgar la espada de un gancho.

CATHOS.—En cuanto a mí, siento una furiosa ternura por los hombres de espada.

MADELÓN.—También a mí me gustan, pero quiero que el ingenio sazone la bravura.

MASCARILLA.—¿Recuerdas, vizconde, aquella media luna que arrebatamos a los enemigos en el sitio de Arrás?[80]

78. Parece imposible una caballería marítima en ese regimiento de galeras que poseía la Orden de Malta; llevaban soldados provistos de mosquete y marineros con arcabuces; por otro lado, ni siquiera para los caballeros disponía la Orden de caballos. Y «galeras» vuelve a ser otro equívoco: Jodelet y Mascarilla han servido en «galeras», castigados por delitos.

79. Jodelet da a entender que alude a oficiales del ejército, cuando en realidad su condición es la del «servicio» doméstico.

80. No se trata del asedio más célebre de esa ciudad, ocurrido en 1640, sino del sitio de 1654, cuando la ciudad, invadida por las tropas españolas con el francés príncipe de Condé (1621-1686) al frente, fue liberada por el mariscal Turena (1611-1675).

JODELET.—¿A qué te refieres con tu media luna?[81] Era una luna totalmente entera.

MASCARILLA.—Creo que tienes razón.

JODELET.—A mí no me queda más remedio que acordarme; en él me hirieron en la pierna con un golpe de granada,[82] cuyas marcas todavía llevo. Tocad un poco, por favor, y notaréis alguna herida, ahí, ahí.

CATHOS.—*[Después de haber palpado el lugar.]* ¡Cierto que es grande la cicatriz!

MASCARILLA.—Permitidme un momento vuestra mano y tocad aquí, justo detrás de la cabeza, ¿notáis algo?

MADELÓN.—Sí, algo siento.

MASCARILLA.—Es un disparo de mosquete que recibí en la última campaña en la que participé.

JODELET.—*[Descubriéndose el pecho.]* Y aquí hay otro disparo que me atravesó de parte a parte en el ataque de Gravelinas.[83]

MASCARILLA.—*(Poniendo la mano en el botón de sus calzas.)* Voy a enseñaros una llaga furiosa.

MADELÓN.—No es necesario: lo creemos sin mirarla.

MASCARILLA.—Son marcas honorables, que muestran lo que uno es.

CATHOS.—No dudamos de lo que sois.

81. La medialuna, o revellín, era una fortificación en forma de cuarto creciente situada delante del ángulo de una muralla, de un bastión o de una cortina. El chiste utilizado era tradicional en historias de soldados.

82. La granada de la época era una bola de hierro hueca, rellena de estopa y de pólvora, que se lanzaba contra el enemigo una vez encendida la mecha.

83. Tampoco en este caso se trata del asedio de 1644 de Gravelinas, cuando esta plaza fuerte en la frontera del norte fue tomada por los españoles, sino de otro más reciente, del 31 de agosto de 1658, dirigido por el mariscal de la Ferté.

MASCARILLA.—Vizconde, ¿has traído tu carroza?[84]
JODELET.—¿Por qué?
MASCARILLA.—Podríamos llevarnos a estas damas a pasear fuera de las puertas, para regalarlas.[85]
MADELÓN.—Hoy no podríamos salir.
MASCARILLA.—Traigamos entonces violines para bailar.
JODELET.—A fe que está bien pensado.
MADELÓN.—En eso sí que consentimos; pero se precisa algún incremento de compañía.
MASCARILLA.—¡Hola! ¡Champañés, Picardo, Burguiñón, Canijo, Vasco, La Verdure, Lorenés, Provenzal, La Violeta![86] ¡Al diablo con todos los lacayos! Creo que no hay gentilhombre en Francia peor servido que yo. Esos canallas siempre me dejan solo.
MADELÓN.—Almanzor, decid a las gentes del señor que vayan a buscar unos violines, y hacednos venir a esos señores y esas damas de aquí al lado para poblar la soledad de nuestro baile.

84. La carroza era uno de los símbolos de distinción social, merecedora de estima y obligatoria para el mundo precioso, según las *Loix de la galanterie de Sorel.*

85. En el original, *donner un cadeau* («regalarlas»). El *cadeau* consistía en una merienda con música. «*Cadeau* se dice también de las comidas que se dan fuera de casa, aquí o allá, y particularmente en el campo. Las mujeres coquetas arruinan a sus galanes a fuerza de hacer que les hagan regalos» (Furetière). Con la expresión «fuera de las puertas», Mascarilla apunta hacia el Bois de Vincennes, una vez pasada la puerta de Saint-Antoine, o hacia el pueblo de Chaillot, al que se llegaba traspasando la puerta de la Conférence y que, de hecho, en la época estaba en pleno campo, con albergues o fondas donde se podían ofrecer a las damas esos *cadeaux*.

86. Molière imita a Tristan l'Hermite, que hace hablar así al Capitán en *Le Parasite* (1654, I, v). Era una inconveniencia en la buena sociedad llamar a gritos a los criados, a quienes por lo general se designaba por el nombre de su provincia de origen.

[Almanzor sale.]

MASCARILLA.—Vizconde, ¿qué me dices de estos ojos?

JODELET.—¿Y qué te parecen a ti, marqués?

MASCARILLA.—Y yo digo que nuestras libertades sufrirán para salir de aquí con los calzones limpios.[87] Lo menos que puede decirse, por lo que a mí respecta, es que recibo extraordinarias sacudidas, y mi corazón solo pende de un hilo.

MADELÓN.—¡Qué natural es todo lo que dice! ¡Presenta las cosas de la forma más agradable del mundo!

CATHOS.—Verdad es que hace un furioso gasto en ingenio.

MASCARILLA.—Para mostraros que soy sincero, ahora mismo quiero haceros una improvisación. *[Medita.]*

CATHOS.—¡Eh! Os conjuro con toda la devoción de mi corazón a que oigamos algo que se haya hecho para nosotras.

JODELET.—Me gustaría hacer otro tanto, pero me encuentro algo incomodado[88] de la vena poética, por la cantidad de sangrías que en ella he hecho estos días pasados.

MASCARILLA.—¿Qué diablos ocurre? Siempre hago bien el primer verso, pero me cuestan los otros. A fe que resulta demasiado apresurado: con tiempo os haré una improvisación que os parecerá la más hermosa del mundo.[89]

87. Expresión de la soldadesca que denuncia los resultados del miedo antes de entrar en combate; la grosería de la expresión ya estaba atenuada.

88. En lenguaje precioso, pobre, lo contrario de *acomodado*, «rico». «Se llama también a un castrado, un *incomodado*» (Furetière).

89. Mascarilla es incapaz de improvisar; los verdaderos preciosos tomaban sus precauciones, porque, según Furetière *(Le Roman*

JODELET.—Tiene el ingenio de un demonio.
MADELÓN.—Y galantería, y una forma perfecta.
MASCARILLA.—Dime, vizconde, ¿hace mucho que no has visto a la condesa?
JODELET.—Hace más de tres semanas que no la he visitado.
MASCARILLA.—¿Sabes que el duque ha venido a verme esta mañana y ha querido llevarme al campo a cazar un ciervo con él?
MADELÓN.—Ahí llegan nuestras amigas.

Escena XII

Jodelet, Mascarilla, Cathos, Madelón,
Marita, Lucila,
[Celimena,[90] Almanzor, Violines]

MADELÓN.—¡Dios mío, queridas, os pedimos perdón! A estos señores se les ha ocurrido la fantasía de darnos las almas de los pies;[91] y hemos enviado a buscaros para llenar los vacíos de nuestra reunión.
LUCILA.—Desde luego que os lo agradecemos.
MASCARILLA.—Se trata solo de un baile improvisado; pero uno de estos días os daremos otro en debida forma. ¿Han llegado los violines?
ALMANZOR.—Sí, señor, aquí están.
CATHOS.—Vamos pues, queridas, tomad asiento.

---

bourgeois), los alcobistas solían tener en el bolsillo poemas «improvisados de antemano», llamados «*impromptus de bolsillo*».

90. Personaje añadido en la edición de 1682.

91. En su *Gran Dictionnaire des Précieuses*, Somaize traduce la perífrasis: «los violines», porque animan los pies de los bailarines.

MASCARILLA.—*(Bailando solo a modo de preludio.)* La, la, la, la, la, la, la, la.
MADELÓN.—¡Tiene una figura elegantísima!
CATHOS.—¡Y qué forma de bailar como se debe!
MASCARILLA.—*(Después de coger a Madelón.)* Mi franquicia[92] va a danzar la *courante*[93] tan bien como mis pies. A compás, violines, a compás. ¡Oh, qué ignorantes! Con estos no hay medio de bailar. ¡Que el diablo os lleve! ¿No podéis tocar a compás? La, la, la, la, la, la, la, la. ¡Firmeza, rascatripas!
JODELET.—*(Danzando a continuación.)* ¡Hola! No apresuréis tanto el compás, que estoy convaleciente.

Escena XIII

Du Croisy, La Grange, Mascarilla, [Jodelet, Cathos, Madelón, Marita, Lucila, Celimena]

LA GRANGE.—*[Con un bastón en la mano.]* ¡Ah, ah! Granujas, ¿qué hacéis aquí? Hace tres horas que os estamos buscando.
MASCARILLA.—*(Al sentirse golpeado.)* ¡Ay, ay, ay! No me habíais dicho que también habría golpes.
JODELET.—¡Ay, ay, ay!
LA GRANGE.—Es propio de vos, que no sois más que un infame, querer dárselas de hombre importante.

92. Como franqueza más arriba, es decir, libertad.
93. Una *courante* es al mismo tiempo el paso, la melodía y la letra de una danza muy de moda, compuesta en un compás de tres tiempos y grave, «formada por un tiempo, un paso, un balanceo y un corte» (Furetière).

DU CROISY.—Esto os enseñará a saber quiénes sois.

(Salen.)

Escena XIV

Mascarilla, Jodelet, Cathos, Madelón,
[Marita, Lucila]

MADELÓN.—¿Qué significa todo esto?
JODELET.—Es una apuesta.
CATHOS.—¡Cómo! ¿Dejarse pegar de ese modo?
MASCARILLA.—¡Dios mío! Bah, no he querido darle importancia, porque soy violento y habría perdido los estribos.
MADELÓN.—¡Tolerar una afrenta como esa en nuestra presencia!
MASCARILLA.—No es nada, dejémoslo así. Hace tiempo que nos conocemos y, entre amigos, no vamos a enfadarnos por tan poca cosa.

Escena XV

Du Croisy, La Grange, Mascarilla, Jodelet,
Madelón, Cathos, etc.

LA GRANGE.—A fe, tunantes, que no habéis de reíros de nosotros, os lo prometo. Entrad vosotros.

[Entran tres o cuatro espadachines.]

MADELÓN.—¿Qué audacia es esta, venir a perturbarnos así en nuestra propia casa?

DU CROISY.—¿Cómo hemos de soportar, señoras mías, que nuestros lacayos sean mejor recibidos que nosotros? ¿Qué vengan a cortejaros a nuestra costa y os den un baile?

MADELÓN.—¿Vuestros lacayos?

LA GRANGE.—Sí, nuestros lacayos, y no es ni bello ni honesto corromperlos como hacéis.

MADELÓN.—¡Oh, Cielo! ¡Qué insolencia!

LA GRANGE.—Pero no ha de aprovecharles haberse servido de nuestros trajes para deslumbraros; y si queréis amarlos, a fe que ha de ser por sus bellos ojos. Deprisa, que los desnuden ahora mismo.

JODELET.—Adiós a nuestros lujos.

MASCARILLA.—Y el marquesado y el vizcondado se vienen abajo.

DU CROISY.—¡Ah, ah, granujas que tenéis la osadía de competir con nosotros! A otra parte habréis de ir a buscar algo con lo que volveros agradables a los ojos de vuestras bellas, os lo aseguro.

LA GRANGE.—Es demasiado suplantarnos, y encima suplantarnos con nuestros propios trajes.

MASCARILLA.—¡Oh, Fortuna, cuán grande es tu inconstancia!

DU CROISY.—Pronto, que les quiten hasta la menor prenda.

LA GRANGE.—Que se lleven todas esas ropas, deprisa. Ahora, señoras mías, en el estado en que están, podéis continuar vuestros amores con ellos cuanto os plazca; os dejamos toda clase de libertad para ello, y este señor y yo os garantizamos que no sentiremos celos.

CATHOS.—¡Ah, qué confusión!

MADELÓN.—Me muero de despecho.
VIOLINES.—*(Al Marqués.)* ¿Qué es esto? Y a nosotros, ¿quién nos pagará?
MASCARILLA.—Preguntad al señor vizconde.
VIOLINES.—*(Al vizconde.)* ¿Quién nos dará el dinero.
JODELET.—Preguntad al señor marqués.

Escena XVI

Górgibus, Mascarilla, Madelón, etc.

GÓRGIBUS.—¡Ah, qué bribonas sois, nos convertís en blanco de las maledicencias, por lo que veo! ¡Y gracias a esos señores que salen de lindas cosas acabo de enterarme realmente!
MADELÓN.—¡Ay, padre mío, ha sido una jugarreta sangrienta la que nos han hecho!
GÓRGIBUS.—Sí, una jugarreta sangrienta, pero que ha sido efecto de vuestra impertinencia, ¡desvergonzadas! Quedaron resentidos por el trato que les disteis y, sin embargo, desdichado de mí, tengo que tragarme la afrenta.
MADELÓN.—¡Ah! Juro que seremos vengadas o moriré en el intento. Y vosotros, bribones, ¿todavía os atrevéis a seguir aquí después de vuestra insolencia?
MASCARILLA.—¡Tratar de este modo a un marqués! ¡Así va el mundo!, la menor desgracia nos acarrea el desprecio de quienes nos querían. Vamos, compañero, vamos en busca de fortuna a otra parte: ya veo que aquí no se ama otra cosa que la vana apariencia, y que no se considera la virtud si está completamente desnuda.

(Salen los dos.)

Escena XVII

Górgibus, Madelón, Cathos, Violines

VIOLINES.—Señor, pretendemos que seáis vos quien, en su lugar, nos satisfagáis por lo que aquí hemos tocado.

GÓRGIBUS.—*(Mientras les da de palos.)* Sí, sí, claro que voy a satisfaceros, y esta es la moneda con que quiero pagaros. Y vosotras, granujas, no sé qué me contiene para no hacer con vosotras otro tanto. Vamos a servir de habladurías y de hazmerreír a todo el mundo, que eso es lo que os habéis ganado con vuestras extravagancias. Id a esconderos, villanas, id a esconderos para siempre. *[Solo.]* Y vosotros, que sois causa de su locura, necias pamplinas, perniciosos entretenimientos de espíritus ociosos, novelas, versos, canciones, sonetos y sonetas,[94] ¡ojalá os lleven todos los diablos!

94. Fácil juego de palabras que, en francés, tiene además la semejanza de *sornettes*, «camelos». El poeta Malherbe había utilizado ese calambur (Tallemant, *Historiettes*): en una discusión en la que pretendían que un poema no es soneto si sus dos cuartetos no tienen la misma rima, Malherbe replicó: «De acuerdo, si no es un soneto, es una soneta».

Los enredos de Scapín

Comedia

Representada por primera vez
en París, en el Théâtre de la sala del Palais-Royal,
el 24 de mayo de 1671,
por la troupe del rey

Actores

ARGANTE, padre de Octavio y de Zerbinetta
GERONTE, padre de Leandro y de Jacinta
OCTAVIO, hijo de Argante, y enamorado de Jacinta
LEANDRO, hijo de Geronte, y enamorado de Zerbinetta
ZERBINETTA, presunta gitana, y reconocida hija de Argante, y enamorada de Leandro
JACINTA, hija de Geronte, y enamorada de Octavio
SCAPÍN, criado de Leandro, y pícaro
SILVESTRE, criado de Octavio
NERINA, nodriza de Jacinta
CARLO, pícaro
DOS PORTEADORES

La escena es en Nápoles

Acto primero

Escena I

Octavio, Silvestre

OCTAVIO.—¡Ah, qué enojosas noticias para un corazón enamorado! ¡Duro trance al que me veo reducido![1] Así pues, Silvestre, ¿ya te has enterado en el puerto de que vuelve mi padre?

SILVESTRE.—Sí.

OCTAVIO.—¿Y que llega esta misma mañana?

SILVESTRE.—Esta misma mañana.

OCTAVIO.—¿Y que vuelve con la decisión de casarme?

SILVESTRE.—Sí.

OCTAVIO.—¿Con una hija del señor Geronte?

SILVESTRE.—Del señor Geronte.

OCTAVIO.—¿Y que ha hecho venir a esa joven desde Tarento para ello?

1. Estas dos frases iniciales calcan los dos alejandrinos con que empieza la comedia *La Sœur* de Rotrou.

SILVESTRE.—Sí.

OCTAVIO.—¿Y que has recibido esas noticias de mi tío?

SILVESTRE.—De vuestro tío.

OCTAVIO.—¿A quien mi padre se las notificó por medio de una carta?

SILVESTRE.—Por medio de una carta.

OCTAVIO.—Y dices que ese tío está al tanto de todos nuestros asuntos.

SILVESTRE.—De todos nuestros asuntos.

OCTAVIO.—¡Ah!, habla de una vez, y no hagas que te arranque una a una las palabras de la boca.

SILVESTRE.—¿Qué más tengo que hablar si vos no olvidáis ninguna circunstancia y decís las cosas tal como son?

OCTAVIO.—Aconséjame al menos y dime qué debo hacer en estas crueles circunstancias.

SILVESTRE.—¡A fe que estoy tan preocupado como vos y bien necesitaría yo que me aconsejaran a mí!

OCTAVIO.—Este maldito regreso me mata.[2]

SILVESTRE.—No menos que a mí.

OCTAVIO.—Cuando mi padre se entere de todo, voy a ver descargar sobre mí un repentino chaparrón de furiosas reprimendas.

SILVESTRE.—No me preocupan las reprimendas, ¡ojalá me librase yo a ese precio! Pero me huelo que a mí han de salirme más caras vuestras locuras, que a lo lejos veo formarse una nube de palos que terminará descargando sobre mis espaldas.

OCTAVIO.—¡Oh, Cielo! ¿Cómo salir del apuro en que me encuentro?

2. En el original, *assassiné*, término de sabor «precioso»: «Se dice hiperbólicamente para decir: Importunar mucho» (Furetière).

SILVESTRE.—En eso habríais debido pensar antes de meteros en él.
OCTAVIO.—¡Ah, me matas con tus importunas lecciones!
SILVESTRE.—Mucho más me matáis vos con vuestras atolondradas acciones.
OCTAVIO.—¿Qué debo hacer? ¿Qué resolución tomar? ¿A qué remedio recurrir?

Escena II

Scapín, Octavio, Silvestre

SCAPÍN.—¿Qué pasa, señor Octavio, qué tenéis? ¿Qué ocurre? ¿Qué desorden es este? Os veo todo turbado.
OCTAVIO.—¡Ah, mi buen Scapín, estoy perdido, estoy desesperado, soy el más desdichado de todos los hombres!
SCAPÍN.—¿Por qué?
OCTAVIO.—¿No te has enterado de lo que me ocurre?
SCAPÍN.—No.
OCTAVIO.—Llega mi padre con el señor Geronte y quieren casarme.
SCAPÍN.—Bueno, ¿y por qué es eso tan funesto?
OCTAVIO.—¡Ay! ¿No sabes la causa de mi inquietud?
SCAPÍN.—No, pero solo de vos dependerá que la sepa enseguida; que soy hombre consolativo,[3] un hombre que se interesa por los asuntos de los jóvenes.

3. En el original, *consolatif*: el término, que no figura en los diccionarios del siglo XVII, procede del lenguaje religioso y podría tener una punta de irreverencia.

OCTAVIO.—¡Ah, Scapín! Si pudieras tramar algún enredo, idear alguna artimaña para sacarme del apuro en que estoy, pensaré que te debería la vida.

SCAPÍN.—A deciros verdad, hay pocas cosas que me resulten imposibles cuando decido intervenir en ellas. Sin duda he recibido del Cielo un talento bastante extraordinario para inventar esas agudezas de ingenio y esas jugarretas ocurrentes a las que el vulgo ignorante da el nombre de enredos; y puedo decir sin vanidad que no es fácil ver un hombre que sea más hábil maquinando recursos e intrigas, ni que haya alcanzado más gloria que yo en este noble oficio; pero en estos tiempos no se aprecia demasiado el mérito y he renunciado a todo desde cierto disgustillo que tuve por un caso que me ocurrió.

OCTAVIO.—¿Cómo? ¿Qué caso, Scapín?

SCAPÍN.—Una aventura en la que me enredé con la justicia.

OCTAVIO.—¡Con la justicia!

SCAPÍN.—Sí, tuvimos un pequeño altercado ella y yo.

OCTAVIO.—¡Tú y la justicia!

SCAPÍN.—Sí, ella se portó muy mal conmigo, y yo me irrité tanto contra la ingratitud del siglo que decidí no volver a meterme en problemas. ¡Basta! Pero seguid contándome vuestra aventura.[4]

OCTAVIO.—Ya sabes, Scapín, que hace dos meses el señor Geronte y mi padre embarcaron juntos para un viaje relacionado con cierto negocio en el que han unido sus intereses.

4. La trama de la historia que Octavio cuenta está sacada directamente de *Formión*, de Terencio, aunque Molière ha simplificado el enredo. Cito por la traducción de Lisardo Rubio: Terencio, *Comedias*, Madrid, 1957 (tercera edición: 1966). *Formión* figura en el tomo II.

SCAPÍN.—Eso lo sé.

OCTAVIO.—Y que Leandro y a mí nuestros padres nos dejaron, a mí bajo la guía de Silvestre, y a Leandro bajo tu dirección.

SCAPÍN.—Sí, y yo he cumplido muy bien con mi encargo.

OCTAVIO.—Poco tiempo después, Leandro conoció a una joven gitana de la que se enamoró.

SCAPÍN.—Eso también lo sé.

OCTAVIO.—Como somos grandes amigos, no tardó en hacerme confidencia de su amor y me llevó a ver a la joven, que me pareció realmente hermosa, pero no tanto como pretendía él que me pareciese. Me hablaba todos los días de ella, me ponderaba a cada instante su hermosura y su gracia, me alababa su talento, y me hablaba arrobado por los encantos de su conversación, que me refería hasta en sus menores palabras, haciendo siempre grandes esfuerzos para que me pareciesen las más ingeniosas del mundo. A veces me reprendía por no verme emocionado ante las cosas que acababa de contarme y siempre me echaba en cara mi indiferencia ante los fuegos del amor.

SCAPÍN.—Todavía no veo adónde queréis ir a parar.

OCTAVIO.—Un día que yo lo acompañaba a casa de las personas que custodian el objeto de sus deseos, de una casita de una calle apartada oímos salir unos lamentos mezclados con muchos sollozos. Preguntamos qué pasaba. Entre suspiros, una mujer nos dijo que allí podíamos ver una escena deplorable para personas extrañas y que, a menos de ser insensibles, nos conmovería.[5]

5. «Nos ponemos en marcha, llegamos, miramos. Una muchacha hermosa; y, razón de más para decirlo, ningún aderezo realza-

SCAPÍN.—¿Adónde nos lleva esto?

OCTAVIO.—La curiosidad me hizo obligar a Leandro a ver qué pasaba. Entramos en una sala, donde vimos a una anciana moribunda, asistida por una criada que no hacía más que gemir, y a una joven deshecha en lágrimas, la más bella y más conmovedora que nunca se pueda ver.

SCAPÍN.—¡Ah, ah!

OCTAVIO.—Cualquier otra habría parecido espantosa en el estado en que se hallaba, pues por todo vestido no tenía más que una mala faldilla, con una camisola de noche que era de sencillo fustán,[6] y por tocado llevaba una cofia amarilla recogida en lo alto de la cabeza,[7] que dejaba caer en desorden el pelo sobre su espalda; y, sin embargo, bajo esa apariencia, que no hacía sino cubrir toda su persona de encanto y seducción, brillaba con mil atractivos.

SCAPÍN.—Ya veo venir las cosas.

OCTAVIO.—Si la hubieras visto, Scapín, en el estado que te digo, te habría parecido admirable.

---

ba su belleza: cabellos sueltos, pies desnudos, aspecto descuidado, llorosa, mal vestida, de modo que si sus encantos no reflejaran una natural hermosura, adiós hermosura con todo ello. El otro, el enamorado de la tañedora, dijo sencillamente... "No es fea"» (*Formión*, ed. cit., pág. 137).

6. En el original, *foutan*: «fustán»: paño de lino y algodón, de escaso valor, que se utilizaba «para hacer blusas, para cubrir colchones» (Furetière). El tema de la belleza que resplandece entre ropas miserables procedía del poeta italiano Giambattista Marino (1569-1625) y fue muy socorrido por los poetas del preciosismo.

7. La joven desconsolada lleva una *cornette*, especie de cofia con salientes que resguardaban la cara —las antiguas cofias empleadas por las Hermanas de la Caridad, orden fundada por Vicente de Paúl en esa época—, e impedían que el cutis se tostase; aunque la alusión al *fustán* indica pobreza, solo las coquetas utilizaban *cornettes*.

SCAPÍN.—¡Oh!, no lo dudo, porque, sin haberla visto, de sobra veo que era encantadora.

OCTAVIO.—Sus lágrimas no eran de esas lágrimas desagradables que desfiguran un rostro; llorando, tenía una gracia conmovedora, y su dolor era el más hermoso del mundo.[8]

SCAPÍN.—Estoy viendo todo eso.

OCTAVIO.—A todos hacía deshacerse en lágrimas cuando amorosamente se arrojaba sobre el cuerpo de aquella moribunda a la que llamaba su querida madre; y no había nadie al que no traspasase el alma viendo tan bellos sentimientos.

SCAPÍN.—Cierto que era conmovedor; y ya veo que esos bellos sentimientos os hicieron amarla.

OCTAVIO.—¡Ah!, Scapín, hasta un bárbaro la habría amado.

SCAPÍN.—Claro, ¿cómo resistirse?

OCTAVIO.—Después de unas palabras, con las que traté de aliviar el dolor de aquella encantadora afligida, nos marchamos; y al preguntarle a Leandro qué le parecía la joven, me respondió fríamente que le parecía bastante bonita. Me molestó la frialdad con que de ella me hablaba, y no quise revelarle el efecto que sus encantos habían provocado en mi alma.

SILVESTRE.—*[A Octavio.]* Si no abreviáis ese relato,

8. En *Formión*, Terencio dice de la joven que era hermosa a pesar de las lágrimas. Molière da un paso más y, anunciando una sensibilidad nueva, la hace hermosa precisamente por sus lágrimas. Molière ya lo ha utilizado en *Don Juan*, cuando después de ver a doña Elvira le dice a Sganarelle: «¿Sabes que todavía he sentido un poco de emoción por ella, que he encontrado cierto atractivo en esa novedad extravagante, y que sus ropas descuidadas, su aire lánguido y sus lágrimas han despertado en mí algunos restos de un fuego apagado?» (IV, VII).

tenemos hasta mañana. Dejadme que acabe yo en dos palabras.[9] *[A Scapín.]* Su corazón se enciende desde ese momento. Ya no podría vivir sin ir a consolar a su adorable afligida. Pero sus frecuentes visitas son rechazadas por la sirvienta, convertida en tutora por el fallecimiento de la madre: y ya tenemos a nuestro hombre hundido en la desesperación. Presiona, suplica, ruega: trabajo perdido. Le dicen que la joven, aunque no posea fortuna ni apoyos, es de familia honrada y que, salvo que pretenda casarse con ella, ese acoso resulta inadmisible. Y ya tenemos a su amor creciendo con las dificultades. Le da vueltas en la cabeza, se agita, razona, sopesa y toma una resolución: y ahí está, casado con ella desde hace tres días.

SCAPÍN.—Ya comprendo.

SILVESTRE.—Añádele ahora a esto la vuelta imprevista del padre, a quien no esperaban hasta dentro de dos meses; el descubrimiento que el tío ha hecho del secreto de nuestro casamiento, y la otra boda, en la que quieren casarlo con la hija que el señor Geronte tuvo de una segunda mujer con la que, según dicen, se casó en Tarento.

OCTAVIO.—Y añade a todo esto además la pobreza en que se encuentra esa adorable persona, y la impotencia en que me veo para conseguir dinero a fin de socorrerla.

SCAPÍN.—¿Es eso todo? ¡Pues sí que os preocupáis los dos por una bagatela! ¿Es cosa de alarmarse tan-

9. Calco directo de *La Sœur* (I, IV): «Si de este largo relato no abreviáis el curso, / el día acabará antes que ese discurso. / Dejadme acabar con mi palabra».

to? ¿A ti[10] no te da vergüenza quedarte tan corto ante tan poca cosa? ¡Qué diablo! Eres un hombre hecho y derecho, ¿y no puedes encontrar en tu cabeza o idear alguna artimaña engañosa, alguna pequeña picardía ingeniosa, para resolver vuestros asuntos? ¡Vaya cernícalo estás hecho! Ya me habría gustado a mí haber tenido, en mi juventud, a nuestros viejos de víctimas: me habría pasado a los dos por debajo de la pata, que no abultaba yo ni tanto así cuando ya me distinguía por cien tretas graciosas.

SILVESTRE.—Confieso que el Cielo no me ha dado tus talentos y que no tengo ingenio, como tú, para enredarme con la justicia.

OCTAVIO.—Ahí llega mi adorable Jacinta.

Escena III

Jacinta, Octavio, Scapín, Silvestre

JACINTA.—¡Ah!, Octavio, ¿es cierto lo que Silvestre acaba de decirle a Nerina? ¿Que vuestro padre está de vuelta y que quiere casaros?

OCTAVIO.—Sí, bella Jacinta, y esas nuevas me han causado una pena cruel. Pero ¿qué veo? ¿Estáis llorando? ¿Por qué esas lágrimas? Decidme, ¿me creéis capaz de faltar a mi palabra y no estáis segura del amor que por vos siento?

JACINTA.—Sí, Octavio, estoy segura de que me amáis; pero no lo estoy de que me améis siempre.

10. A Silvestre.

OCTAVIO.—¡Eh! ¿Puede alguien amaros sin que os ame toda su vida?

JACINTA.—He oído decir, Octavio, que vuestro sexo ama menos tiempo que el nuestro, y que los ardores que los hombres muestran son fuegos que se apagan con tanta facilidad como nacen.

OCTAVIO.—Entonces, mi querida Jacinta, mi corazón no está hecho como el del resto de los hombres, pues, por lo que a mí se refiere, siento que os amaré hasta la tumba.

JACINTA.—Quiero creer que sentís lo que decís, y no dudo de que vuestras palabras sean sinceras; pero tengo miedo a un poder que intentará combatir los sentimientos de amor que podéis tener por mí. Dependéis de un padre que quiere casaros con otra persona, y estoy segura de que, si me ocurre esa desgracia, moriré.

OCTAVIO.—No, bella Jacinta, no hay padre que pueda obligarme a faltar a la palabra que os he dado, y antes me decidiré a dejar mi país, y la vida misma si es preciso, que a abandonaros. Sin haberla visto, ya siento una aversión horrible por la esposa que me destinan y, sin ser cruel, desearía que el mar la alejase de aquí para siempre. Por favor, no lloréis, mi adorada Jacinta, porque vuestras lágrimas me matan y no puedo verlas sin sentir traspasado mi corazón.

JACINTA.—Ya que lo queréis, consiento en secar mis lágrimas y con mirada constante aguardaré lo que al Cielo le plazca decidir sobre mí.

OCTAVIO.—El Cielo será propicio con nosotros.

JACINTA.—No podría ser adverso conmigo, si cumplís vuestra palabra.

OCTAVIO.—La cumpliré, tenedlo por seguro.

JACINTA.—Entonces seré feliz.

SCAPÍN.—*[Aparte.]* ¡A fe que no es tan tonta! Y la encuentro bastante pasable.

OCTAVIO.—*[Señalando a Scapín.]* He ahí un hombre que, si quisiera, podría sernos de maravillosa ayuda en todas nuestras necesidades.

SCAPÍN.—He jurado por todos los dioses no volver a meterme en ningún enredo; pero si los dos me lo rogáis insistentemente, tal vez...

OCTAVIO.—¡Ah!, si obtener tu ayuda solo depende de rogarte con insistencia, te suplico de todo corazón que te encargues de dirigir nuestra barca.

SCAPÍN.—*[A Jacinta.]* Y vos, ¿no me decís nada?

JACINTA.—Como él, os suplico, por lo que más queráis en este mundo, que os dignéis servir a nuestro amor.

SCAPÍN.—En fin, que debo dar mi brazo a torcer y mostrar humanidad. De acuerdo, consiento en trabajar para vosotros.

OCTAVIO.—Creo que...

SCAPÍN.—¡Chist! *[A Jacinta.]* Vos marchaos y quedaos tranquila. *[A Octavio.]* Y en cuanto a vos, preparaos para afrontar con firmeza la llegada de vuestro padre.

OCTAVIO.—Te confieso que esa llegada me hace temblar de antemano, que ya me domina una timidez natural que no podré vencer.

SCAPÍN.—Sin embargo, hay que aparentar firmeza en el primer encuentro, no sea que se apoye en vuestra debilidad para llevaros de la mano como a un niño. Vamos, procurad ensayar una cara de circunstancias. Un poco de audacia, que tenéis que responder con decisión a cuanto él pueda deciros.

OCTAVIO.—Lo haré lo mejor que pueda.

SCAPÍN.—Ánimo, ensayemos un poco para que os vayáis acostumbrando. Repitamos un rato vuestro papel y veamos si podéis hacerlo bien. Venga. El semblante decidido, la cabeza alta y la mirada firme.

OCTAVIO.—¿De esta manera?

SCAPÍN.—Un poco más todavía.

OCTAVIO.—¿Así?

SCAPÍN.—Bueno. Imaginaos que soy vuestro padre que llega, y respondedme con firmeza como si yo fuera él. «¿Cómo te atreves, granuja, golfo, infame, hijo indigno de un padre como yo, a presentarte ante mis ojos después de tus excesos, después de la cobarde jugarreta que me has hecho en mi ausencia? ¿Ese es el fruto de mis desvelos, bribón? ¿Ese es el fruto de mis desvelos? ¿El respeto que se me debe? ¿El respeto que me guardas?» ¡Ánimo! «¿Tienes la insolencia, bribón, de comprometerte sin el consentimiento de tu padre, de contraer un matrimonio clandestino? Respóndeme, granuja, responde. Venga, veamos las lindas excusas que me das.» ¡Oh! ¡Diablos! ¡Os quedáis cortado!

OCTAVIO.—Es que me imagino que estoy oyendo a mi padre.

SCAPÍN.—¡Eh! Claro. Pues por esa misma razón no te puedes quedar como un pasmarote.

OCTAVIO.—Voy a armarme de decisión y responderé con firmeza.

SCAPÍN.—¿Seguro?

OCTAVIO.—Seguro.

SILVESTRE.—Ahí llega vuestro padre.

OCTAVIO.—¡Oh, Cielo! ¡Estoy perdido! *[Sale huyendo.]*

SCAPÍN.—¡Hola! ¡Octavio, quedaos! ¡Octavio! Ha huido. ¡Qué tipo más miserable! Pero no dejemos de esperar al viejo.

SILVESTRE.—¿Qué le digo?

SCAPÍN.—Déjame hablar a mí y tú limítate a seguirme.

Escena IV

Argante, Scapín, Silvestre

ARGANTE.—*[Creyéndose solo.]* ¿Alguien ha oído hablar alguna vez de una acción como esta?

SCAPÍN.—*[A Silvestre.]* Ya se ha enterado del asunto y le obsesiona tanto que habla a solas en voz alta.

ARGANTE.—*[Creyéndose solo.]* ¡Qué gran temeridad!

SCAPÍN.—*[A Silvestre]* Escuchémosle un poco.

ARGANTE.—*[Creyéndose solo.]* Me gustaría saber qué van a decirme ahora de ese bonito matrimonio.

SCAPÍN.—*[Aparte.]* Ya lo hemos pensado.

ARGANTE.—*[Creyéndose solo.]* ¿Tratarán de negármelo?

SCAPÍN.—*[Aparte.]* No, ni siquiera se nos ha ocurrido.

ARGANTE.—*[Creyéndose solo.]* ¿O intentarán disculparlo?

SCAPÍN.—*[Aparte.]* Eso sí pudiera ser.

ARGANTE.—*[Creyéndose solo.]* ¿Pretenderán hacerme perder el tiempo con cuentos?

SCAPÍN.—*[Aparte.]* Tal vez.

ARGANTE.—*[Creyéndose solo.]* Todo lo que digan será inútil.

SCAPÍN.—*[Aparte.]* Ya veremos.

ARGANTE.—*[Creyéndose solo.]* No me engañarán.

SCAPÍN.—*[Aparte.]* Mejor sería no jurarlo.

ARGANTE.—*[Creyéndose solo.]* Ya sabré yo meter al granuja de mi hijo en lugar seguro.[11]

SCAPÍN.—Nosotros nos cuidaremos de eso.

ARGANTE.—*[Creyéndose solo.]* Y a ese pillo de Silvestre lo moleré a palos.

SILVESTRE.—*[A Scapín.]* Ya me extrañaba que se olvidara de mí.

ARGANTE.—*[Viendo a Silvestre.]* ¡Ah, ah! ¡Conque estáis ahí, prudente preceptor de familia, magnífico director espiritual de jóvenes!

SCAPÍN.—Señor, estoy encantado de veros de vuelta.

ARGANTE.—Buenos días, Scapín. *(A Silvestre.)* ¡Vaya una bonita manera que habéis tenido de seguir mis órdenes, pues mi hijo se ha portado con la mayor de las corduras en mi ausencia!

SCAPÍN.—Os encontráis bien por lo que veo.

ARGANTE.—Bastante bien. *[A Silvestre.]* No dices ni pío, bribón, no dices ni pío.

SCAPÍN.—¿Habéis tenido buen viaje?

ARGANTE.—Gracias a Dios, muy bueno. Déjame que riña tranquilamente un rato.

SCAPÍN.—¿Queréis reñir?

ARGANTE.—Sí, quiero reñir.

SCAPÍN.—¿Y a quién, señor?

ARGANTE.—*[Señalando a Silvestre.]* A este granuja.

SCAPÍN.—¿Por qué?

ARGANTE.—¿No has oído hablar de lo que ha pasado en mi ausencia?

SCAPÍN.—Sí, he oído hablar de cierta cosilla.

11. Argante alude a la cárcel; en el siglo XVII, los padres tenían la potestad de enviar a sus hijos a prisión por desobediencia.

ARGANTE.—¡Cómo que cosilla! ¿Una acción de esa naturaleza?

SCAPÍN.—Alguna razón sí que tenéis.

ARGANTE.—¿Una audacia como esa?

SCAPÍN.—Eso es cierto.

ARGANTE.—¿Un hijo que se casa sin el consentimientos de su padre?[12]

SCAPÍN.—Sí, algo hay que decir a eso. Pero mi opinión sería que no armarais mucho alboroto.

ARGANTE.—Yo, en cambio, no soy de esa opinión y armaré todo el alboroto que me dé la gana. ¿Cómo? ¿No te parece que tengo todos los motivos del mundo para estar furioso?

SCAPÍN.—Desde luego. Yo mismo lo estuve al principio, cuando me enteré del asunto, y me puse de vuestra parte hasta el punto de reñir a vuestro hijo. Preguntadle cuántas reprimendas le eché y cómo lo llamé a capítulo por el poco respeto que mostraba a un padre cuyas pisadas debía besar. Imposible hablarle mejor, ni siquiera vos mismo. Pero ¡qué le vamos a hacer! Me he rendido a la razón y he pensado que, en el fondo, no hay tanta culpa como puede parecer.

ARGANTE.—¿Qué vienes a contarme? ¿No es tanta la culpa de ir a casarse de buenas a primeras con una desconocida?

SCAPÍN.—¿Qué queréis? Lo empujó su destino.

ARGANTE.—¡Ah, ah! ¡Vaya una razón, la más bonita del mundo! No hay más que cometer todos los

12. En la época, los hijos menores no podían contraer el matrimonio sin el consentimiento del padre. La minoría de edad llegaba hasta los veinticinco años para las mujeres y hasta los treinta para los hombres.

crímenes imaginables, engañar, robar, asesinar, y decir como excusa que a uno lo ha empujado su destino.

SCAPÍN.—Dios mío, tomáis mis palabras como si fuerais un filósofo.[13] Quiero decir que, en este asunto, se vio fatalmente comprometido.

ARGANTE.—¿Y por qué se comprometía?

SCAPÍN.—¿Queréis que sea tan sensato como vos? Los jóvenes son jóvenes y no tienen toda la prudencia que necesitarían para hacer solo lo razonable; ahí tenéis el ejemplo de Leandro: a pesar de todas mis lecciones, a pesar de todas mis reprimendas, ha terminado haciendo algo todavía peor que vuestro hijo. Me gustaría saber si vos no fuisteis joven y no hicisteis, en vuestro tiempo, calaveradas como los demás. Porque he oído decir que teníais fama de mujeriego, que os corríais buenas juergas con las mujeres más galantes de la época y que no os acercabais a ninguna sin llegar hasta el final.

ARGANTE.—Eso es cierto, lo admito, pero jamás traspasé los límites de la galantería y nunca llegué a hacer lo que él ha hecho.

SCAPÍN.—¿Y qué queríais que hiciese? Conoce a una joven que enseguida lo aprecia (porque ha heredado de vos el encanto que conquista a todas las mujeres). Le parece deliciosa. La visita, le dice palabras tiernas, suspira con galantería y hace el papel de apasionado. Ella se rinde a su cortejo. Él tienta su

13. Jesuitas y jansenistas se enfrentaron sobre el tema de la gracia, y uno de los puntos de esta querella, a la que Molière parece aludir aquí en broma con el término *filósofo*, era la responsabilidad en materia moral.

suerte. Y ya lo tenemos pillado por los padres de ella, que, por la fuerza, lo obligan a desposarla.

SILVESTRE.—*[Aparte.]* ¡Qué hábil es el muy bribón!

SCAPÍN.—¿Hubierais querido que se dejase matar? Más vale estar casado que muerto.

ARGANTE.—Nadie me ha dicho que las cosas hayan pasado así.

SCAPÍN.—*[Señalando a Silvestre.]* Preguntadle a este: no dirá lo contrario.

ARGANTE.—*[A Silvestre.]* ¿Lo han casado, entonces, por la fuerza?

SILVESTRE.—Sí, señor.

SCAPÍN.—¿Iba yo a mentiros?

ARGANTE.—Lo que debía haber hecho es ir inmediatamente a denunciar esa violencia ante un notario.

SCAPÍN.—Eso es lo que no quiso hacer.

ARGANTE.—Así me habría resultado más fácil anular el matrimonio.

SCAPÍN.—¡Anular el matrimonio!

ARGANTE.—Sí.

SCAPÍN.—No lo anularéis.

ARGANTE.—¿Que no lo anularé?

SCAPÍN.—No.

ARGANTE.—¿Por qué no? ¿No tendré de mi parte los derechos de padre y la reparación de la violencia hecha a mi hijo?

SCAPÍN.—En ese punto él no se mostrará conforme.

ARGANTE.—¿Que no se mostrará conforme?

SCAPÍN.—No.

ARGANTE.—¿Mi hijo?

SCAPÍN.—Vuestro hijo. ¿Queréis que confiese que haya sido capaz de tener miedo y que lo obligaron a hacer lo que hizo por la fuerza? No hay cuidado de que vaya a confesarlo. Sería perjudicarse y mostrarse indigno de un padre como vos.

ARGANTE.—A mí eso no me importa.

SCAPÍN.—Por su honor y por el vuestro, ante el mundo tendrá que decir que se casó con ella por propia voluntad.

ARGANTE.—Pues yo quiero que, por mi honor y por el suyo, diga lo contrario.

SCAPÍN.—No, estoy seguro de que no lo hará.

ARGANTE.—Yo lo obligaré.

SCAPÍN.—Os digo que no lo hará.

ARGANTE.—Lo hará o lo desheredaré.[14]

SCAPÍN.—¿Vos?

ARGANTE.—Sí, yo.

SCAPÍN.—¡Bah!

ARGANTE.—¿Cómo que *¡bah!*?

SCAPÍN.—No.

ARGANTE.—¿Que no?

SCAPÍN.—No.

ARGANTE.—¡Vaya, esta sí que es buena! ¿Que no desheredaré a mi hijo?

SCAPÍN.—Os digo que no.

ARGANTE.—¿Quién habría de impedírmelo?

SCAPÍN.—Vos mismo.

ARGANTE.—¿Yo?

SCAPÍN.—Sí. No tendréis valor para hacerlo.

ARGANTE.—Lo tendré.

SCAPÍN.—Bromeáis.

14. Molière repetirá casi al pie de la letra esta misma escena, desde aquí hasta el «y soy malo cuando quiero» de Argante, en *El enfermo imaginario*; el parecido hizo que los editores de 1682 suprimieran el pasaje. También figuraba, de forma más breve, en *El Tartufo* (II, II).

ARGANTE.—No bromeo.

SCAPÍN.—El cariño paterno hará lo que tenga que hacer.

ARGANTE.—No hará nada.

SCAPÍN.—Sí, claro que sí.

ARGANTE.—Os digo que no lo haré.

SCAPÍN.—Bobadas.

ARGANTE.—De bobadas, ni hablar.

SCAPÍN.—¡Dios mío! Pero si os conozco, si sois un buenazo.

ARGANTE.—No soy ningún buenazo y soy malo cuando quiero. Acabemos esta charla que me calienta la bilis. *(A Silvestre.)* Largo de aquí, granuja, vete a buscar a ese bribón mientras yo voy a reunirme con el señor Geronte para contarle mi infortunio.

SCAPÍN.—Señor, si puedo seros útil en algo, no tenéis más que mandar.

ARGANTE.—Os lo agradezco. *(Aparte.)* ¡Ah!, ¿por qué ha de ser hijo único? ¿Y por qué no tengo ahora, a mi lado, la hija que el Cielo me quitó, para hacerla mi heredera?

Escena V

Scapín, Silvestre

SILVESTRE.—Confieso que eres un gran hombre y que el asunto va por buen camino; pero, por otro lado, nos urge el dinero para nuestro sustento y por todas partes aparecen acreedores que vienen pisándonos los talones.

SCAPÍN.—Déjame hacer, que he dado con la estratagema. Solo falta que se me ocurra un hombre del que podamos fiarnos para que haga el papel de un personaje que necesito. Espera. Aguarda un poco. Cálate la gorra como si fueses un bravucón. Apóyate en un pie. Echa la mano a un costado y pon ojos furibundos. Camina un poco como si fueras un rey de teatro. Eso está bien. Sígueme. Conozco trucos para disfrazarte la cara y la voz.

SILVESTRE.—Te suplico al menos que no me busques líos con la justicia.

SCAPÍN.—¡Anda, venga! Compartiremos los peligros como hermanos, que tres años de galera más o menos no bastan para detener a un noble corazón.

Acto segundo

Escena I

Geronte, Argante

GERONTE.—Sí, desde luego, con el tiempo que hace[15] seguro que hoy llega nuestra gente; y un marinero procedente de Tarento me ha asegurado haber visto a mi hombre a punto de embarcarse. Pero la llegada de mi hijo desbaratará todos nuestros planes para lo que nos proponemos; que lo que vos acabáis de informarme sobre vuestro hijo echa extrañamente por tierra las medidas que juntos habíamos tomado.

ARGANTE.—No os preocupéis; os respondo de que superaré ese obstáculo y ahora mismo me pongo a trabajar en ello.

15. En 1920, en un célebre montaje de *Les Fourberies de Scapin* dirigido por Jacques Copeau, esta frase permitió al director dotar a Geronte (encarnado por Louis Jouvet) de una sombrilla que abría y cerraba durante toda la escena; la invención de ese recurso ha quedado en los anales del teatro molieresco.

GERONTE.—En verdad, señor Argante, ¿queréis que os diga una cosa? La educación de los hijos es algo a lo que hay que dedicarse en serio.

ARGANTE.—Sin duda. Pero ¿a qué viene eso?

GERONTE.—Viene a propósito de que la mala conducta de los jóvenes procede en la mayoría de los casos de la mala educación que sus padres les dan.

ARGANTE.—Suele ocurrir. Pero ¿qué queréis decir?

GERONTE.—¿Que qué quiero decir?

ARGANTE.—Sí.

GERONTE.—Que si, como buen padre, hubierais educado bien a vuestro hijo, no os habría gastado esa mala pasada.

ARGANTE.—Muy bien. ¿O sea que vos habéis educado mejor al vuestro?

GERONTE.—Desde luego, y me habría enfadado mucho que me hubiera hecho algo parecido.

ARGANTE.—Y si ese hijo que, como buen padre, habéis educado tan bien, hubiera hecho algo peor que el mío, ¿eh?

GERONTE.—¿Cómo?

ARGANTE.—¿Cómo, qué?

GERONTE.—¿Que qué quiere decir eso?

ARGANTE.—Quiere decir, señor Geronte, que no hay que condenar tan deprisa la conducta de los demás y que quienes pretenden criticar antes deben mirar si en su casa no hay algo que cojea.

GERONTE.—No entiendo ese enigma.

ARGANTE.—Ya os lo explicarán.

GERONTE.—¿Es que habríais oído decir algo de mi hijo?

ARGANTE.—Pudiera ser.

GERONTE.—¿Y qué es?

ARGANTE.—Viendo mi enfado, vuestro Scapín me ha contado el asunto solo por encima; pero, por él o por algún otro, podréis informaros de todos los detalles. Ahora me voy corriendo a consultar a un abogado y a pensar en las medidas que debo tomar. Hasta la vista.

Escena II

Geronte, Leandro

GERONTE.—*[Solo.]* ¿Qué podría ser ese asunto? ¡Peor todavía que el suyo! No veo que se pueda hacer nada peor; en mi opinión, casarse sin el consentimiento del padre es un acto que supera todo lo imaginable. ¡Ah, estáis ahí!

LEANDRO.—*(Corriendo hacia él para abrazarlo.)* ¡Ah, padre mío, qué alegría veros de vuelta!

GERONTE.—*(Negándose a abrazarlo.)* Más despacio. Antes tenemos que hablar.

LEANDRO.—Permitid que os abrace y que...

GERONTE.—*(Rechazándolo otra vez.)* Os digo que más despacio.

LEANDRO.—¿Cómo? ¿Me prohibís, padre mío, que os exprese mi entusiasmo con mis abrazos?

GERONTE.—Sí, antes tenemos que aclarar algo.

LEANDRO.—¿Y qué es?

GERONTE.—Poneos ahí, que os vea de frente.

LEANDRO.—¿Cómo?

GERONTE.—Miradme a los ojos.

LEANDRO.—¿Y ahora qué?

GERONTE.—¿Qué ha ocurrido aquí?

LEANDRO.—¿Qué ha ocurrido?

GERONTE.—Sí. ¿Qué habéis hecho en mi ausencia?

LEANDRO.—¿Qué queréis que haya hecho, padre mío?

GERONTE.—No soy yo el que quiere que hayáis hecho nada, sino el que pregunta qué es lo que habéis hecho.

LEANDRO.—¿Yo? Yo no he hecho nada de lo que podáis tener queja.

GERONTE.—¿Nada?

LEANDRO.—No.

GERONTE.—Lo decís muy resuelto.

LEANDRO.—Es que estoy muy seguro de mi inocencia.

GERONTE.—Scapín, sin embargo, ha dicho ciertas cosas de vos.

LEANDRO.—¡Scapín!

GERONTE.—¡Ah, ah! Ese nombre os pone colorado.

LEANDRO.—¿Os ha dicho algo de mí?

GERONTE.—No es este el lugar más apropiado para solventar este asunto, que tenemos que examinarlo en otra parte. Id a casa. Yo volveré allí dentro de poco. ¡Ah, traidor!, si has de deshonrarme, te repudio por hijo y bien puedes decidirte a huir de mi presencia para siempre.

Escena III

Octavio, Scapín, Leandro

LEANDRO.—*[Solo.]* ¡Traicionarme así! Un granuja que, por mil razones, debería ser el primero en callar las cosas que le confío, es el primero en ir a revelárselas a mi padre. ¡Ah, juro al Cielo que esta traición no quedará impune!

OCTAVIO.—Mi querido Scapín, ¿cuántas cosas no debo yo a tus desvelos? ¡Qué hombre tan admirable eres! ¡Y qué propicio es el Cielo conmigo enviándote en mi ayuda!

LEANDRO.—¡Ah, ah! ¿Estáis ahí? Encantado de veros, señor granuja.

SCAPÍN.—Señor, soy vuestro servidor. Es demasiado grande el honor que me hacéis.

LEANDRO.—*(Echando mano a la espada.)* ¿Os las dais de pícaro gracioso? ¡Ah, yo os enseñaré!...

SCAPÍN.—*(Echándose a sus plantas.)* ¡Señor!

OCTAVIO.—*(Interponiéndose para impedir a Leandro golpearlo con la espada.)* ¡Ah, Leandro!

LEANDRO.—No, Octavio, no me retengáis, por favor.

SCAPÍN.—*(A Leandro.)* ¡Eh, señor!

OCTAVIO.—*(Reteniéndolo.)* ¡Perdonadlo!

LEANDRO.—*(Intentando golpear a Scapín.)* Dejadme que satisfaga mi rabia.

OCTAVIO.—En nombre de la amistad, Leandro, no lo maltratéis.

SCAPÍN.—¿Qué os he hecho yo, señor?

LEANDRO.—*(Intentando golpearlo.)* ¿Que qué me has hecho, traidor?

OCTAVIO.—*(Reteniéndolo.)* ¡Eh, más despacio!

LEANDRO.—No, Octavio, quiero que sea él quien me confiese, y ahora mismo, su perfidia contra mí. Sí, granuja, sé la jugarreta que me has hecho, acaban de contármela, quizá no pensabas que iban a revelarme el secreto: pero quiero tener la confesión de tu propia boca o te atravieso el cuerpo con la espada.

SCAPÍN.—¡Ah, señor! ¿Tendríais valor?

LEANDRO.—Habla, pues.

SCAPÍN.—¿Os he hecho algo, señor?

OCTAVIO.—Sí, granuja, que demasiado sabe tu conciencia lo que es.

SCAPÍN.—Os aseguro que no lo sé.

LEANDRO.—*(Avanzando para golpearlo.)* ¿Que no lo sabes?

OCTAVIO.—*(Reteniéndolo.)* ¡Leandro!

SCAPÍN.—Bueno, señor, ya que así lo queréis, os confieso que me bebí con mis amigos esa pequeña cuarterola[16] de vino español que os regalaron hace unos días, y que fui yo el que hizo una raja en el tonel y derramé agua todo alrededor para hacer creer que el vino se había salido.

LEANDRO.—¿Fuiste tú, granuja, el que se me ha bebido mi vino español y la causa de que yo haya reñido a la sirvienta, creyendo que había sido ella la autora del desaguisado?

SCAPÍN.—Sí, señor, y os pido perdón.

LEANDRO.—Me alegra mucho saberlo; pero no es ese el asunto del que ahora se trata.

SCAPÍN.—¿No es ese, señor?

LEANDRO.—No, es otro asunto que me afecta mucho más, y quiero que seas tú quien me lo diga.

SCAPÍN.—Señor, no me acuerdo de haber hecho nada más.

LEANDRO.—*(Intentando golpearlo.)* ¿No quieres hablar?

SCAPÍN.—¡Eh!

OCTAVIO.—*(Reteniéndolo.)* ¡Más despacio!

SCAPÍN.—Sí, señor, es verdad que hace tres semanas,

16. En el original, *cuartaut*: Cuarta parte de un moyo *(mui)*, medida empleada para granos y líquidos, y que en París equivalía a 68 litros.

una noche me mandasteis llevar un relojito a esa joven gitana a la que amáis. Volví a casa con mis ropas todas cubiertas de barro y la cara llena de sangre, y os dije que había topado con unos ladrones que me habían dado una paliza y me habían robado el reloj. Fui yo, señor, quien se lo quedó.

LEANDRO.—¿Fuiste tú quien se quedó con mi reloj?

SCAPÍN.—Sí, señor, para ver la hora que es.

LEANDRO.—¡Ah, ah! ¡Vaya unas cosas de las que me entero y qué servidor tan honrado tengo, de veras! Pero sigue sin ser eso lo que pregunto.

SCAPÍN.—¿No es eso?

LEANDRO.—No, infame, sigue siendo otra cosa lo que quiero que me confieses.

SCAPÍN.—*(Aparte.)* ¡Maldita sea!

LEANDRO.—Habla enseguida, que tengo prisa.

SCAPÍN.—Señor, eso es todo lo que he hecho.

LEANDRO.—*(Intentando golpear a Scapín.)* ¿Eso es todo?

OCTAVIO.—*(Interponiéndose.)* ¡Eh!

SCAPÍN.—Bueno, sí, señor: ¿os acordáis de aquel fantasma[17] que una noche, hace seis meses, os dio tantos bastonazos y a punto estuvo de hacer que os rompierais el cuello en una cueva en la que caísteis cuando huíais?

LEANDRO.—Sí, ¿y qué?

SCAPÍN.—Era yo, señor, que hacía de fantasma.

LEANDRO.—¿Eras tú, traidor, que hacías de fantasma?

17. En el original, *loup-garou*: personaje maléfico que, metamorfoseado en lobo, vaga por las noches atacando a viajeros y paseantes. «*Loup-garou* es en el espíritu del público un espíritu peligroso y maligno que recorre los campos o las calles de noche» (Furetière).

Scapín.—Sí, señor, solo para meteros miedo y quitaros las ganas de obligarnos a correr todas las noches, como teníais por costumbre.

Leandro.—Sabré acordarme, en tiempo y lugar, de todo lo que acabo de enterarme. Pero quiero ir al grano y que me confieses qué le has dicho a mi padre.

Scapín.—¿A vuestro padre?

Leandro.—Sí, bribón, a mi padre.

Scapín.—Ni siquiera lo he visto desde que ha vuelto.

Leandro.—¿No lo has visto?

Scapín.—No, señor.

Leandro.—¿Seguro?

Scapín.—Seguro. Es algo que, delante de mí, él mismo os lo dirá.

Leandro.—Sin embargo, lo he oído de su propia boca.

Scapín.—Con vuestro permiso, no ha dicho la verdad.

Escena IV

Carlo, Scapín, Leandro, Octavio

Carlo.—Señor, os traigo una noticia inquietante para vuestro amor.

Leandro.—¿Cómo?

Carlo.—Vuestros gitanos están a punto de robaros a Zerbinetta, y ella misma, con lágrimas en los ojos, me ha encargado que venga corriendo a deciros que si, dentro de dos horas, no os las arregláis para llevarles el dinero que os han pedido por ella, la perderéis para siempre.

Leandro.—¿Dentro de dos horas?

CARLO.—Dentro de dos horas. *[Sale.]*

LEANDRO.—¡Ah, mi buen Scapín, imploro tu ayuda!

SCAPÍN.—*(Pasando por delante de Leandro con aire orgulloso.)* ¡«Ah, mi buen Scapín»! Soy «mi buen Scapín» ahora que se me necesita.

LEANDRO.—Venga, te perdono lo que acabas de decirme, y cosas peores todavía si me las has hecho.

SCAPÍN.—No, no, no me perdonéis nada. Atravesadme con vuestra espada. Estaré encantado de que me matéis.

LEANDRO.—No, te suplico más bien que me des la vida, sirviendo a mi amor.

SCAPÍN.—Nada, nada, haríais mejor en matarme.

LEANDRO.—Vales demasiado para mí y te ruego que te dignes emplear en mi favor ese admirable talento que logra todo lo que quiere.

SCAPÍN.—No, matadme, os digo.

LEANDRO.—¡Ah, por favor! No vuelvas a pensar en eso y cavila la manera de prestarme la ayuda que te pido.

OCTAVIO.—Scapín, hay que hacer algo por él.

SCAPÍN.—¿Y cómo, después de semejante afrenta?

LEANDRO.—Te suplico que olvides mi arrebato y me prestes tu astucia.

OCTAVIO.—Y yo uno mis ruegos a los suyos.

SCAPÍN.—No puedo olvidar ese ataque.

OCTAVIO.—Tienes que dejar a un lado el rencor.

LEANDRO.—¿Podrías abandonarme, Scapín, en el cruel trance en que se ve mi amor?

SCAPÍN.—¡Venir a hacerme, de repente, semejante afrenta!

LEANDRO.—He hecho mal, lo confieso.

SCAPÍN.—¡Tratarme de granuja, de bribón, de pícaro, de infame!

LEANDRO.—No sabes cómo lo siento.

SCAPÍN.—¡Querer atravesarme con la espada!

LEANDRO.—Te pido de todo corazón que me perdones, y si tengo que ponerme de rodillas, aquí me tienes a tus plantas, Scapín, suplicándote una vez más que no me abandones.

OCTAVIO.—¡Ah! ¡Ante esto, Scapín, tienes que rendirte!

SCAPÍN.—Alzaos. Y la próxima vez, no seáis tan vivo de genio.

LEANDRO.—¿Me prometes que trabajarás para mí?

SCAPÍN.—Ya veremos.

LEANDRO.—Pero sabes que el tiempo apremia.

SCAPÍN.—No os preocupéis. ¿Cuánto necesitáis?

LEANDRO.—Quinientos escudos.

SCAPÍN.—¿Y vos?

OCTAVIO.—Doscientas pistolas.[18]

SCAPÍN.—Mi intención es sacarles ese dinero a vuestros padres. *[A Octavio.]* Por lo que se refiere al vuestro, ya se me ha ocurrido una artimaña. *[A Leandro.]* Y en cuanto al vuestro, aunque avaro a más no poder, habrá menos dificultades todavía, porque ya sabéis que, a Dios gracias, inteligencia no es lo que le sobra, que es un hombre al que cualquiera haría creer siempre el mayor disparate. No os ofendáis: entre él y vos no hay la menor sospecha de parecido; y ya conocéis la opinión de todo el mundo, según la cual solo es padre vuestro formalmente.

18. El escudo equivalía a tres libras, por lo que Leandro necesita mil quinientas libras; y la pistola equivalía a diez libras: con dos mil libras Octavio podría resolver su problema. Son sumas muy importantes: en *La escuela de los maridos* (I, II), Molière califica a Aristo, que confiesa tener cuatro mil escudos de renta, de burgués acomodado.

LEANDRO.—Un poco de respeto, Scapín.

SCAPÍN.—Bueno, bueno, dejemos esos escrúpulos, que esto es serio. Pero veo venir al padre de Octavio. Empecemos por él, ya que se presenta. Marchaos los dos. *[A Octavio.]* Y vos, avisad a vuestro Silvestre para que venga enseguida a hacer su papel.

Escena V

Argante, Scapín

SCAPÍN.—*[Aparte.]* Ahí llega rumiando.

ARGANTE.—*[Creyéndose solo.]* ¡Qué falta de cordura y de prudencia! ¡Ir a meterse en semejante compromiso! ¡Ah, ah, insensata juventud!

SCAPÍN.—Señor, soy vuestro servidor.

ARGANTE.—Buenas, Scapín.

SCAPÍN.—¿Estáis dándole muchas vueltas al asunto de vuestro hijo?

ARGANTE.—Te confieso que para mí es un quebradero de cabeza.

SCAPÍN.—Señor, la vida está llena de reveses. Conviene estar siempre preparado para afrontarlos, que hace mucho oí el dicho de un antiguo que siempre he recordado.[19]

ARGANTE.—¿Cuál?

19. Está en Terencio: «El que llega del extranjero ha de comer siempre con un desatino de su hijo, o con la muerte de su esposa o con una enfermedad de su hija; son cosas corrientes, pueden ocurrir y ninguna nos ha de coger de nuevas; y, cuanto ocurra fuera de esta previsión, hay que contarlo entre las ganancias» (*Formión*, II, ed. cit., pág. 148).

SCAPÍN.—Que, a poco que un padre de familia haya estado ausente de su casa, debe preparar su ánimo para todos los enojosos accidentes con que a su regreso pueda encontrarse: imaginar su casa quemada, su dinero robado, su mujer muerta, su hijo lisiado, su hija comprada; y lo que encuentre que no le ha pasado, achacarlo a la buena fortuna. Yo siempre he puesto en práctica esta lección en mi pequeña filosofía; y nunca he vuelto a casa sin haberme preparado para soportar la cólera de mis amos, las reprimendas, las injurias, las patadas en el culo, los bastonazos y las zurras; y por lo que no he recibido, he dado gracias a mi buena estrella.

ARGANTE.—Eso está muy bien. Pero ese casamiento insensato que desbarata el que nosotros preparábamos es algo que no puedo tolerar, y acabo de consultar con unos abogados para hacer que lo anulen.

SCAPÍN.—Si me hicierais caso, señor, deberíais intentar arreglar el asunto por algún otro medio. Ya sabéis lo que son los pleitos en este país, que vais a meteros en un berenjenal.

ARGANTE.—Tienes razón, bien lo veo. Pero ¿qué otro medio hay?

SCAPÍN.—Creo haber encontrado uno. La compasión que hace un rato me causó vuestra pena me ha obligado a cavilar un medio para libraros de esa inquietud, porque soy incapaz de ver a unos honrados padres afligidos sin conmoverme, que desde siempre he sentido por vuestra persona una inclinación especial.

ARGANTE.—Te quedo agradecido.

SCAPÍN.—He ido, pues, en busca del hermano de esa joven con la que se ha desposado. Es uno de esos bravucones de profesión, gente de esas que son todo estocadas, que solo hablan de romper la crisma y matar a un hombre no les preocupa más que beber un vaso de vino. Le he hablado del casamiento, le he demostrado lo fácil que sería conseguir la anulación por haber empleado la fuerza, además de vuestras prerrogativas de padre y el apoyo que ante la justicia han de daros tanto vuestro derecho como vuestro dinero y vuestros amigos. En fin, le he apretado tanto las clavijas que ha prestado oído a mis proposiciones para arreglar el asunto a cambio de cierta cantidad; y consentirá en anular el matrimonio con tal de que le deis dinero.

ARGANTE.—¿Y cuánto ha pedido?

SCAPÍN.—¡Oh!, al principio se ha subido a las nubes.

ARGANTE.—¿Cuánto?

SCAPÍN.—Cosas extravagantes.[20]

ARGANTE.—Pero ¿cuánto?

SCAPÍN.—Hablaba nada menos que de quinientas o seiscientas pistolas.

ARGANTE.—Así le den quinientas o seiscientas fiebres cuartanas.[21] ¿Quiere burlarse la gente?

SCAPÍN.—Es lo que yo le he dicho. He rechazado de plano semejante propuesta y le he dado a entender con toda claridad que no erais ningún primo para

20. Molière sigue a Terencio al pie de la letra. «CREMES.—Dime, ¿cuánto pide? GETA.—¿Cuánto? Demasiado. Todo lo que se le ocurrió [la traducción francesa de la época decía textualmente: "Cosas extravagantes"].» Pueden cotejarse las semejanzas, cuando no los calcos, en *Formión*, IV, ed. cit., págs. 175-177.

21. Fiebre *cuarta*: «que vuelve cada cuatro días». «Solo se utiliza cuando se lanza alguna imprecación contra alguien» (Furetière).

pediros quinientas o seiscientas pistolas. Por fin, tras varias discusiones, el resultado de nuestra entrevista se ha reducido a lo siguiente. «Ha llegado la época, me ha dicho, en que debo ir al ejército. Ahora estoy equipándome, y la necesidad que tengo de algún dinero me hace consentir, a pesar mío, en lo que se me propone. Necesito un buen caballo y no podría conseguir uno, a poco razonable que sea, por menos de sesenta pistolas.»

ARGANTE.—Muy bien, si son sesenta pistolas se las daré.

SCAPÍN.—«Se necesitarán el arnés y las pistolas, y esto supone veinte pistolas más.»

ARGANTE.—Veinte pistolas y sesenta serían ochenta.

SCAPÍN.—Exacto.

ARGANTE.—Eso es mucho, pero de acuerdo, consiento en ello.

SCAPÍN.—«También necesito un caballo para que mi criado vaya montado, que muy bien puede costar treinta pistolas.»

ARGANTE.—¿Cómo? ¡Diablos! ¡Que se vaya a paseo! ¡Se quedará sin nada!

SCAPÍN.—Señor.

ARGANTE.—No, es un impertinente.

SCAPÍN.—¿Queréis que su criado vaya a pie?

ARGANTE.—Que vaya como le plazca, y el amo también.

SCAPÍN.—¡Dios mío!, señor, no os paréis ante tan poca cosa. No litiguéis, os lo suplico, y dad lo que sea para escapar de manos de la justicia.

ARGANTE.—¡Bueno! De acuerdo, daré esas treinta pistolas más.

SCAPÍN.—«Necesito además, ha dicho él, una mula para llevar...»

ARGANTE.—¡Oh, que se vaya al diablo con su mula! Ya

es demasiado, tendremos que vernos delante de los jueces.

SCAPÍN.—Por favor, señor.

ARGANTE.—No, no lo haré.

SCAPÍN.—Señor, una mulita...

ARGANTE.—No le daré ni siquiera un burro.

SCAPÍN.—Mirad que...

ARGANTE.—¡No! Prefiero pleitear.

SCAPÍN.—¡Eh, señor! ¿De qué estáis hablando y a qué os arriesgáis? Echad una ojeada sobre las vueltas y revueltas de la justicia:[22] ved cuántas apelaciones y grados de jurisdicción, cuántos procedimientos importunos, cuántos animales rapaces por cuyas garras tendréis que pasar, alguaciles, procuradores, abogados, escribanos, sustitutos, relatores y jueces con sus oficiales. No hay ni una de todas estas gentes que, por la menor cosa, no sea capaz de dar una bofetada al mejor derecho del mundo. Un alguacil engañará con falsas notificaciones, tras lo cual seréis condenado sin que os enteréis. Vuestro procurador se entenderá con vuestro adversario, y os venderá por buenos dineros contantes y sonantes. Vuestro abogado, también comprado, no comparecerá cuando juzguen vuestra causa, o alegará razones que no serán sino desvaríos o no se ceñi-

22. En 1667 apareció la *Ordonnance civil touchant la réformation de la justice*, con la que el poder trataba —con mejores intenciones que resultados— de acabar con varias plagas que se habían enseñoreado de los procedimientos judiciales: la multitud de jurisdicciones: reales, señoriales, eclesiásticas; la proliferación de las gentes de la justicia, etc. Además de blanco tradicional de la sátira, el tema sirvió para una comedia completa de Racine, *Les Plaideurs* (*Los litigantes*, 1608).

rán a los hechos. El escribano expedirá sentencias y fallos contra vos por contumacia. El oficial del relator sustraerá pruebas o el propio relator no dirá lo que ha visto. Y cuando, con las mayores precauciones del mundo, hayáis remediado todo eso, os quedaréis atónitos al ver que vuestros jueces habrán sido presionados en contra vuestra por gentes devotas o por mujeres a las que terminarán amando. ¡Eh! Señor, si podéis, salvaos de ese infierno. Pleitear equivale a ser condenado en este mundo, que la sola idea de un proceso sería capaz de hacerme huir hasta las Indias.

ARGANTE.—¿A cuánto asciende, según él, la mula?

SCAPÍN.—Señor, por la mula, por su caballo y el de su criado, por el arnés y las pistolas, y para pagar alguna cosilla que debe a su patrona, en total pide doscientas pistolas.

ARGANTE.—¿Doscientas pistolas?

SCAPÍN.—Sí.

ARGANTE.—*(Paseando furioso por el escenario.)* Vamos, vamos, pleitearemos.

SCAPÍN.—Pensadlo bien.

ARGANTE.—Pleitearé.

SCAPÍN.—Pero, para pleitear, necesitaréis dinero: lo necesitaréis para el requerimiento, lo necesitaréis para el registro, lo necesitaréis para la procuración, para la comparecencia, consejos, presentación de pruebas y remuneraciones del procurador, lo necesitaréis para las consultas y alegatos de los abogados, por el derecho a retirar los legajos, y para las copias de escrituras, lo necesitaréis para el informe de los sustitutos, para las tasas de las conclusiones, para el registro del escribano, especie de juicio preparatorio, sentencias y fallos, controles, firmas y copias de sus oficiales, por no hablar de todos los regalos que tendréis que hacer. Dad el dinero a ese hombre y os veréis libre del asunto.[23]

ARGANTE.—¡Cómo! ¿Doscientas pistolas?

SCAPÍN.—Sí, y saldréis ganando. He hecho un pequeño cálculo de todos los gastos de la justicia y he comprobado que, dando doscientas pistolas a vuestro hombre, todavía saldréis ganando por lo menos ciento cincuenta, sin contar las inquietudes, gestiones y penalidades que podréis ahorraros. Aunque solo fuera por no aguantar las tonterías que dicen delante de todo el mundo esos malditos graciosos de abogados, antes preferiría dar trescientas pistolas que pleitear.

ARGANTE.—A mí eso no me preocupa y desafío a los abogados a que digan algo de mí.

SCAPÍN.—Haced lo que os plazca, pero si yo estuviera en vuestro lugar, evitaría los procesos.

ARGANTE.—Por nada del mundo daré doscientas pistolas.

SCAPÍN.—Ahí llega el hombre en cuestión.

Escena VI

Silvestre, Argante, Scapín

SILVESTRE.—*[Disfrazado de espadachín.]* Scapín, dime dónde está el tal Argante que es padre de Octavio.

23. En este parlamento, Scapín sigue por orden cronológico los distintos pasos que implicaba un proceso, empleando los términos técnicos legales con toda precisión.

SCAPÍN.—¿Por qué, señor?

SILVESTRE.—Acabo de enterarme de que quiere ponerme un pleito y anular judicialmente el casamiento de mi hermana.

SCAPÍN.—No sé si tiene esa idea; pero se niega a pagar las doscientas pistolas que exigís, porque dice que es demasiado.

SILVESTRE.—¡Por todos los diablos! ¡Por Satanás! ¡Por Cristo![24] Si lo encuentro, lo deslomo, aunque luego me despellejen vivo.

(Argante, para no ser visto, se esconde temblando detrás de Scapín.)

SCAPÍN.—Señor, el tal padre de Octavio es hombre de valor y quizá no os tenga miedo.

SILVESTRE.—¿Él? ¿Él? ¡Por Cristo! ¡Por todos los diablos! Si estuviera aquí, ahora mismo le daría con la espada en el vientre. *(Viendo a Argante.)* ¿Quién es este hombre?

SCAPÍN.—No es él, señor, no es él.[25]

24. Los juramentos empleados en la escena —y a lo largo de la obra— son blasfemias lexicalizadas en francés: *par la tête*, *par le ventre*, *par la sang*, etc., donde el término *Dieu* había terminado por desaparecer sustituido por el sonido *bleu*. Por ejemplo, *par la mort de Dieu* acabó resultando *morbleu*; *par la sang de Dieu* —con un falso femenino en francés, es *le sang*, que se explica por contaminación con otros juramentos— queda en *paisambleu*, etc. (cf. Livet, *Léxique de Molière*).

25. Una tradición teatral añade a esta negativa de Scapín otra de Argante: «No, señor, no soy yo», según anota Auger en 1824, repitiendo así el juego escénico de otra obra, *El Señor de Puercoñac*, (III, IV), donde el protagonista responde al exento que cree haberlo reconocido. «No soy yo, os lo aseguro.» En francés el recurso có-

SILVESTRE.—¿No es alguno de sus amigos?

SCAPÍN.—No, señor, al contrario, es su mortal enemigo.

SILVESTRE.—¿Su mortal enemigo?

SCAPÍN.—Sí.

SILVESTRE.—¡Ah, por Satanás! Estoy encantado. *[A Argante.]* ¿Conque sois enemigo de ese bribón de Argante?

SCAPÍN.—Sí, sí, respondo de ello.

SILVESTRE.—*(Cogiéndole con energía la mano.)* Chocad esa mano, chocadla. Os doy mi palabra y os juro por mi honor, por la espada que llevo, por todos los juramentos que podría hacer, que antes de que acabe el día os libraré de ese tunante empedernido, de ese bellaco de Argante. Confiad en mí.

SCAPÍN.—Señor, en este país no suele tolerarse la violencia.

SILVESTRE.—Eso me importa poco, que no tengo nada que perder.

SCAPÍN.—Seguro, además, que estará sobre aviso, y tiene parientes, amigos y criados que lo ayudarán frente a vuestro rencor.

SILVESTRE.—¡Eso es lo que quiero, diablos, eso es lo que quiero! *(Echa mano a la espada y tira estocadas a diestro y siniestro, como si tuviera varias personas delante.)* ¡Ah, por Satanás! ¡Ah, por Cristo! ¡Y que no me lo encuentre ahora con todos sus valedores! ¡Y que no aparezca ante mi vista acompañado por treinta personas! ¡Y que no los vea caer sobre mí con las armas en la mano! ¡Cómo, tunantes! ¿Tenéis la osadía de atacarme? *[Tirando estocadas a diestro y si-*

---

mico queda más explícito gracias a la forma sintáctica: *No, monsieur, ce n'est pas moi.*

niestro, como si estuviera luchando con varias personas.] ¡A la carga![26] ¡Ánimo! ¡Tiremos! ¡Firme, atento! ¡Ah, pillos! ¡Ah, canalla! Esto es lo que queríais: ya os daré yo hasta que os hartéis. Resistid, pillos, resistid. Adelante. ¡Ahí va esa estocada! ¡Y esta otra! ¡Y esta! ¡Y esta! *[Volviéndose hacia donde están Argante y Scapín.]* ¡Cómo! ¿Retrocedéis? ¡Resistid, diablos, resistid!

SCAPÍN.—¡Eh, eh! Señor, que somos nosotros.

SILVESTRE.—Esto os enseñará a no tener la osadía de atacarme. *[Se aleja.]*

SCAPÍN.—Bueno, ya veis cuántos muertos por doscientas pistolas. ¡Ea, os deseo mucha suerte!

ARGANTE.—*(Todo tembloroso.)* Scapín.

SCAPÍN.—¿Decíais algo?

ARGANTE.—He decidido dar las doscientas pistolas.

SCAPÍN.—Me satisface por el aprecio que os tengo.

ARGANTE.—Vayamos en su busca, las llevo encima.

SCAPÍN.—No tenéis más que dármelas. A vuestro honor no le conviene que aparezcáis allí, después de haberos hecho pasar aquí por otro; me temo, además, que si os dais a conocer, pueda ocurrírsele pediros más.

ARGANTE.—De acuerdo, pero me habría gustado ver cómo doy mi dinero.

SCAPÍN.—¿Es que desconfiáis de mí?

ARGANTE.—Nada de eso, pero...

SCAPÍN.—¡Por todos los diablos, señor! O soy un pícaro o soy un hombre honrado: una de dos. ¿Iba yo a querer engañaros, y tengo yo en todo esto más interés que el vuestro y el de mi amo, con quien queréis

26. En el párrafo, Molière emplea varios términos de esgrima.

asociaros? Si no os fiais de mí, no intervendré en nada y no tenéis más que buscar, desde ahora mismo, a otro que arregle vuestros asuntos.[27]

ARGANTE.—Toma entonces.

SCAPÍN.—No, señor, no me confiéis vuestro dinero. Preferiría que os sirvieseis de algún otro.

ARGANTE.—¡Dios mío! Toma.

SCAPÍN.—Os repito que no, no os fieis de mí. Quién sabe si lo que pretendo es quitaros vuestro dinero.

ARGANTE.—Toma, te digo, no me hagas discutir más. Pero procura tomar precauciones con ese.

SCAPÍN.—Id sin cuidado, que no trata con ningún necio.

ARGANTE.—Te esperaré en mi casa.

SCAPÍN.—No dejaré de ir. *(Solo.)* Uno ya ha picado. Solo tengo que buscar al otro. ¡Ah, ahí está! Parece que el Cielo los trae a mis redes uno tras otro.

Escena VII

Geronte, Scapín

SCAPÍN.—*[Fingiendo no ver a Geronte.]* ¡Oh, Cielo! ¡Oh, desgracia imprevista! ¡Oh, miserable padre! Pobre gente, ¿qué vas a hacer?

GERONTE.—*[Aparte.]* ¿Qué está diciendo ese de mí, con esa cara afligida?

27. Los términos franceses *accomoder* («arreglar», en esta traducción) y *affaires* («asuntos»), además de corresponder al lenguaje de los negocios, también pertenecen al vocabulario del duelo. «*Affaire* se dice también de las disputas, combates y peleas amistosos. Tiene un gran *affaire* en el tribunal, y tal y cual se han querellado» (Furetière).

SCAPÍN.—*[Haciendo el mismo juego.]* ¿No hay nadie que pueda decirme dónde está el señor Geronte?

GERONTE.—¿Qué pasa, Scapín?

SCAPÍN.—*[Corriendo por el escenario, sin querer oír ni ver a Geronte.]* ¿Dónde podría encontrarlo para comunicarle este infortunio?

GERONTE.—*[Corriendo detrás de Scapín.]* Pero ¿qué es lo que pasa?

SCAPÍN.—*[Haciendo el mismo juego.]* En vano corro por todas partes sin poder encontrarlo.

GERONTE.—Pero si estoy aquí.

SCAPÍN.—*[Haciendo el mismo juego.]* Tiene que estar escondido en algún sitio que no se pueda adivinar.

GERONTE.—*[Parando a Scapín.]* ¡Hola! ¿Estás ciego, que no me ves?

SCAPÍN.—¡Ah, señor, no hay forma de encontraros!

GERONTE.—Hace una hora que estoy delante de ti. ¿Qué es lo que pasa?

SCAPÍN.—Señor...

GERONTE.—¿Qué?

SCAPÍN.—Señor, vuestro hijo...

GERONTE.—¿Qué le pasa a mi hijo?

SCAPÍN.—Ha dado en la desgracia más extraña del mundo.[28]

GERONTE.—¿Cuál?

SCAPÍN.—Hace un momento lo he encontrado muy

28. Un *canovaccio* italiano, probablemente conocido por Molière, *Il Capitano*, de Flaminio Scala (1611), emplea el mismo enredo para sacar dinero a Pantalón: su hijo lo habrían secuestrado unos bandidos que exigen cien escudos de rescate. Más segura como fuente es *Le Pédant joué* (1634), de Cyrano de Bergerac: el criado informa al padre de que su hijo ha sido secuestrado por una galera turca cuando cruzaba el Sena.

triste por no sé qué que le habéis dicho y en lo que me habéis mezclado de manera bastante inoportuna; y, para tratar de distraerlo de su tristeza, nos hemos ido a pasear por el puerto. Allí, entre otras cosas, hemos puesto nuestros ojos en una galera turca bastante bien equipada. Un joven turco de buena apariencia nos ha invitado a pasar y nos ha tendido la mano. Hemos subido a bordo: nos ha hecho mil cortesías y nos ha ofrecido un tentempié, en el que hemos comido las frutas más excelentes que se puedan ver y bebido un vino que nos ha parecido el mejor del mundo.

GERONTE.—¿Y qué puede causar tanta aflicción en todo esto?

SCAPÍN.—Aguardad, señor, que ya llegamos. Mientras nosotros comíamos, él ha ordenado a la galera hacerse a la mar y, cuando se ha visto lejos del puerto, ha mandado meterme en una barquilla para que viniera a deciros que si ahora mismo no le enviáis conmigo quinientos escudos, se lleva a vuestro hijo a Argel.

GERONTE.—¡Cómo, diablos! ¿Quinientos escudos?

SCAPÍN.—Sí, señor, y, además, solo me ha dado dos horas para ello.

GERONTE.—¡Ah, turco bribón! ¡Matarme de este modo!

SCAPÍN.—A vos toca, señor, pensar en la manera de salvar de las cadenas a un hijo al que amáis con tanto afecto.

GERONTE.—¿Qué diablos iba a hacer a esa galera?[29]

29. Molière recoge directamente esta réplica de *Le Pédant joué* (II, II), de Cyrano de Bergerac, donde el personaje Granger repite

SCAPÍN.—No podía figurarse lo que ha pasado.
GERONTE.—Ve, Scapín, ve corriendo a decirle a ese turco que mandaré a la justicia tras sus pasos.
SCAPÍN.—¡La justicia en alta mar! ¿Estáis de broma?
GERONTE.—¿Qué diablos iba a hacer a esa galera?
SCAPÍN.—Un mal destino guía a veces a las personas.
GERONTE.—Es preciso, Scapín, es preciso que en este trance te portes como un servidor fiel.
SCAPÍN.—¿Cómo, señor?
GERONTE.—Vete a decirle a ese turco que me devuelva a mi hijo y tú te quedas en su lugar hasta que yo haya reunido la suma que pide.
SCAPÍN.—¡Alto ahí, señor! ¿Pensáis lo que decís? ¿Y os figuráis que ese turco tiene tan poco sentido como para aceptar a un miserable como yo en lugar de vuestro hijo?
GERONTE.—¿Qué diablos iba a hacer a esa galera?
SCAPÍN.—¿Quién iba a sospechar una desgracia así? Pensad, señor, que solo me ha dado dos horas.
GERONTE.—Dices que pide...
SCAPÍN.—Quinientos escudos.
GERONTE.—¡Quinientos escudos! ¿No tiene conciencia?
SCAPÍN.—¡Mira que pedirle conciencia a un turco!
GERONTE.—¿Sabe bien lo que son quinientos escudos?
SCAPÍN.—Sí, señor, lo sabe de sobra: son mil quinientas libras.

---

en cuatro ocasiones: «¿Qué diablos iba a hacer en la galera de un turco?». Y cuando ha de pagar el rescate, Granger ordena al criado: «Ve a coger a mi armario el jubón recortado que dejó mi difunto padre el año de aquel invierno riguroso», que Molière aprovecha en una réplica de esta misma escena.

GERONTE.—¿Cree ese traidor que mil quinientas libras se encuentran debajo de una piedra?

SCAPÍN.—Son gente que no atiende a razones.

GERONTE.—Pero ¿qué diablos iba a hacer a esa galera?

SCAPÍN.—Es cierto, pero ¿qué queréis? No era fácil de prever lo que ha pasado. Por favor, señor, daos prisa.

GERONTE.—Toma, aquí tienes la llave de mi armario.

SCAPÍN.—Bueno.

GERONTE.—Lo abres.

SCAPÍN.—Muy bien.

GERONTE.—A la izquierda encontrarás una llave muy gorda, que es la de mi granero.

SCAPÍN.—Sí.

GERONTE.—Vas y coges todas las ropas que hay en una gran cesta y las vendes a los prenderos para ir a rescatar a mi hijo.

SCAPÍN.—*(Devolviéndole la llave.)* ¡Eh, señor! ¿Estáis soñando? No sacaré ni cien francos de todo lo que decís; además, ya sabéis el poco tiempo que me ha dado.

GERONTE.—Pero ¿qué diablos iba a hacer a esa galera?

SCAPÍN.—¡Oh, cuánta palabrería inútil! Olvidaos ya de esa galera y pensad que el tiempo apremia y que corréis el riesgo de perder a vuestro hijo. ¡Ay!, pobre amo mío, tal vez no vuelva a verte en mi vida, y en este mismo momento tal vez están llevándote como esclavo a Argel. Pero el Cielo me será testigo de que he hecho por ti cuanto estaba en mi mano, y de que si no consigues ser rescatado, solo hay que acusar de ello al poco cariño de un padre.

GERONTE.—Espera, Scapín, voy a buscar esa suma.

SCAPÍN.—Daos prisa, señor, que tiemblo ante la idea de que suene la hora.

GERONTE.—¿No son cuatrocientos escudos lo que dices?
SCAPÍN.—No, quinientos escudos.
GERONTE.—¿Quinientos escudos?
SCAPÍN.—Sí.
GERONTE.—¿Qué diablos iba a hacer a esa galera?
SCAPÍN.—Tenéis razón, pero daos prisa.
GERONTE.—¿No había otro sitio para pasear?
SCAPÍN.—Eso es cierto. Pero actuad enseguida.
GERONTE.—¡Ah, maldita galera!
SCAPÍN.—*[Aparte]* ¡Vaya perra que ha cogido con la galera!
GERONTE.—Toma, Scapín, se me olvidaba que precisamente acabo de recibir esa suma en oro, y no creía que fuesen a quitármela tan pronto. *(Le presenta su bolsa, que sin embargo no entrega; y en medio de sus arrebatos, hace ir su brazo de un lado para otro, y Scapín el suyo para coger la bolsa.)* ¡Toma! Vete a rescatar a mi hijo.
SCAPÍN.—*[Tendiendo la mano.]* Sí, señor.
GERONTE.—*[Reteniendo la bolsa que finge querer dar a Scapín.]* Pero dile a ese turco que es un malvado.
SCAPÍN.—*[Que sigue tendiendo la mano.]* Sí.
GERONTE.—*[Haciendo el mismo juego.]* Un infame.
SCAPÍN.—Sí.
GERONTE.—*[Haciendo el mismo juego.]* Un hombre sin palabra, un ladrón.
SCAPÍN.—Dejadme a mí.
GERONTE.—*[Haciendo el mismo juego.]* Que me saca quinientos escudos contra todo derecho.
SCAPÍN.—Sí.
GERONTE.—*[Haciendo el mismo juego.]* Y no se los he de dar ni vivo ni muerto.

SCAPÍN.—Muy bien.

GERONTE.—Y que, si alguna vez lo pillo, sabré vengarme.

SCAPÍN.—Sí.

GERONTE.—*(Vuelve a guardarse la bolsa y empieza a salir.)* Ve, ve corriendo a buscar a mi hijo.

SCAPÍN.—*(Yendo tras él.)* ¡Hola! Señor.

GERONTE.—¿Qué?

SCAPÍN.—¿Dónde está ese dinero?

OCTAVIO.—¿No te lo he dado?

GERONTE.—Claro que no, os lo habéis vuelto a guardar en vuestra bolsa.

GERONTE.—¡Ah!, es el dolor que me trastorna la cabeza.

SCAPÍN.—Ya lo veo.

GERONTE.—¿Qué diablos iba a hacer a esa galera? ¡Ah, maldita galera! ¡Traidor de turco de todos los diablos!

SCAPÍN.—*[Solo.]* No puede digerir los quinientos escudos que le saco; pero aún no queda en paz conmigo, que quiero que me pague en otra moneda la impostura que me ha hecho ante su hijo.

Escena VIII

Octavio, Leandro, Scapín

OCTAVIO.—¿Y qué, Scapín? ¿Ha tenido éxito tu empresa en mi favor?

LEANDRO.—¿Has hecho algo para sacar mi amor de la pena en que está?

SCAPÍN.—*[A Octavio.]* Aquí tenéis doscientas pistolas que le he sacado a vuestro padre.

OCTAVIO.—¡Ah, qué alegría me das!

SCAPÍN.—*[A Leandro.]* Por vos no he podido hacer nada.

LEANDRO.—*(Quiere marcharse.)* Entonces debo ir en busca de la muerte; ¿qué me importa vivir si me quitan a Zerbinetta?

SCAPÍN.—¡Hola, hola! Más despacio. ¿Qué diablos de prisa tenéis?

LEANDRO.—*(Se vuelve.)* ¿Qué quieres que haga?

SCAPÍN.—Vamos, venid, que aquí tengo lo que necesitáis.

LEANDRO.—*(Regresa.)* ¡Ah, me devuelves la vida!

SCAPÍN.—Pero, a condición de que me permitáis una pequeña venganza contra vuestro padre, por la mala pasada que me ha gastado.

LEANDRO.—Todo lo que quieras.

SCAPÍN.—¿Me lo prometéis ante testigo?

LEANDRO.—Sí.

SCAPÍN.—Tomad, ahí tenéis vuestros quinientos escudos.

LEANDRO.—¡Vamos ahora mismo a comprar a la que adoro![30]

30. Según la tradición teatral, Scapín salía de escena triunfalmente, por delante de los señores, diciendo: «Detrás, detrás, honor a la trapacería».

Acto tercero

Escena I

Zerbinetta, Jacinta, Scapín, Silvestre

ZERBINETTA.—Sí, vuestros prometidos han decidido que estéis juntas, y nosotros cumplimos la orden que nos han dado.

JACINTA.—*[A Zerbinetta.]* Todo lo que dice esa orden me agrada mucho. Acojo con alegría a una compañera así; y por mí no ha de quedar que la amistad de las personas que amamos no exista también entre nosotras.

ZERBINETTA.—Acepto la propuesta, que no soy de las que se echan atrás cuando alguien me propone amistad.

SCAPÍN.—¿Y cuando rivalizan con vos en amor?

ZERBINETTA.—Con el amor es distinto: se corren algunos riesgos más y no soy tan atrevida.

SCAPÍN.—Me parece que ahora estáis siéndolo en contra de mi amo, que lo que acaba de hacer por vos debería daros valor para responder como es debido a su pasión.

ZERBINETTA.—Por ahora solo confío en la buena suerte; que para tranquilizarme del todo no basta lo que acaba de hacer. Tengo un carácter alegre y siempre estoy riéndome; pero, aunque me ría, soy seria en ciertas cuestiones; y tu amo se engañará si cree que le basta con haberme comprado para verme entregada a él. Ha de costarle algo más que dinero; que, para responder a su amor de la manera que desea, necesito que su palabra venga sazonada con ciertas ceremonias.

SCAPÍN.—Así lo entiende también él. Os pretende con buenas intenciones y honradamente; que no podría intervenir yo en un asunto como este si él tuviera otra idea.

ZERBINETTA.—Es lo que quiero creer, ya que vos me lo decís; pero preveo por parte del padre algunos impedimentos.

SCAPÍN.—Ya encontraremos algún medio para arreglar las cosas.

JACINTA.—*[A Zerbinetta.]* La semejanza de nuestros destinos debe contribuir todavía más al nacimiento de nuestra amistad, que las dos nos vemos en las mismas zozobras y ambas estamos expuestas al mismo infortunio.

ZERBINETTA.—Vos tenéis al menos la ventaja de saber de quién nacisteis; y el apoyo de vuestros padres, a quienes podéis presentar, puede servir para conciliar todo, asegurar vuestra dicha y obtener un consentimiento al matrimonio ya realizado. Pero, en mi caso, no me ayuda mi falta de familia y se me ve en una situación que no ha de suavizar la voluntad de un padre que solo mira el dinero.

JACINTA.—Pero también tenéis una ventaja, que nadie tienta con otro partido a la persona que amáis.

ZERBINETTA.—No es lo que más se puede temer el voluble corazón de un pretendiente, porque por naturaleza una puede confiar en el propio mérito para retener al hombre conquistado; y en esta clase de asuntos, lo que me parece más temible es la potestad paterna, ante la cual cualquier mérito sirve de bien poco.

JACINTA.—¡Ay! ¿Por qué han de verse contrariadas las justas pasiones? ¡Qué dulce es amar cuando no se ve ningún obstáculo a esas amables cadenas con que dos corazones se unen!

SCAPÍN.—¿Estáis de broma? En amor, la tranquilidad es una calma desagradable. Una dicha constante nos resulta tediosa; en la vida se necesitan altibajos; porque las dificultades que acompañan a las cosas despiertan la pasión y aumentan el placer.

ZERBINETTA.—Por Dios, Scapín, cuéntanos un poco esa historia tan divertida, según me han dicho, de la estratagema que se te ocurrió para sacarle el dinero a tu viejo avaro. Sabes que no es perder el tiempo contarme una historia y que lo pago bastante bien demostrando la alegría que me invade.

SCAPÍN.—Ahí está Silvestre, que sabrá hacerlo tan bien como yo. Estoy dándole vueltas en la cabeza a una pequeña venganza cuyo placer quiero disfrutar.

SILVESTRE.—¿Por qué pretendes buscarte problemas tan alegremente?

SCAPÍN.—Me gusta intentar empresas arriesgadas.

SILVESTRE.—Ya te lo he dicho: si me hicieras caso abandonarías el propósito que tienes.

SCAPÍN.—Sí, pero solo me haré caso a mí mismo.

SILVESTRE.—¿Con qué diablo vas a divertirte?

SCAPÍN.—¿De qué diablo te preocupas?

SILVESTRE.—Es que veo que, sin necesidad, corres el riesgo de ganarte una buena tunda de palos.

SCAPÍN.—¿Y qué? Sería a costa de mi espalda, y no de la tuya.

SILVESTRE.—Tienes razón, eres el amo de tu espalda y puedes hacer con ella lo que se te antoje.

SCAPÍN.—Nunca me ha detenido esa clase de peligros, que odio a esos corazones pusilánimes que, por prever demasiado las consecuencias de las cosas, no se atreven a emprender nada.

ZERBINETTA.—*[A Scapín.]* Necesitaremos tus servicios.

SCAPÍN.—Marchaos ahora; pronto iré a reunirme con vosotras. Nadie podrá decir que han sido otros los que me han obligado impunemente a traicionarme a mí mismo y a revelar secretos que convenía que no se supieran.

Escena II

Geronte, Scapín

GERONTE.—Bueno, Scapín, ¿cómo va el asunto de mi hijo?

SCAPÍN.—Vuestro hijo, señor, está en lugar seguro; pero ahora sois vos quien corréis el mayor peligro del mundo y querría por encima de todo que os quedarais en casa.

GERONTE.—¿Y eso por qué?

SCAPÍN.—En este mismo momento os buscan por todas partes para mataros.

GERONTE.—¿A mí?

SCAPÍN.—Sí.

GERONTE.—¿Y quién?

SCAPÍN.—El hermano de esa joven con la que Octavio se ha casado. Cree que vuestro propósito de poner a vuestra hija en el puesto que tiene su hermana es lo que os impulsa con más fuerza a querer anular ese matrimonio; y, con esta idea, ha decidido descargar su desesperación sobre vos y quitaros la vida para vengar su honor. Todos sus amigos, gentes de capa y espada como él, os buscan por todas partes y piden noticias de vos. Hasta he visto aquí y allá soldados de su compañía interrogando a todos los que encuentran, y por grupos ocupan todos los accesos a vuestra casa; no podríais dar un paso ni a derecha ni a izquierda sin caer en sus manos.

GERONTE.—¿Qué haré, mi buen Scapín?

SCAPÍN.—No lo sé, señor, que el lance es terrible. Tiemblo por vos de pies a cabeza, y... Aguardad. *(Se vuelve y va hasta el fondo del escenario, donde finge mirar si hay alguien.)*

GERONTE.—*(Temblando.)* ¿Eh?

SCAPÍN.—*(Que regresa.)* No, no, no, no es nada.

GERONTE.—¿No podrías encontrar algún medio para sacarme del apuro?

SCAPÍN.—Se me ha ocurrido uno; aunque corro el riesgo de que me muelan a palos.

GERONTE.—Vamos, Scapín, pórtate como fiel servidor; no me abandones, te lo suplico.

SCAPÍN.—De acuerdo. Mi aprecio por vos no podría permitir que os deje sin ayuda.

GERONTE.—Serás recompensado, te lo aseguro; y te

prometo este traje cuando lo haya usado un poco más.

SCAPÍN.—Aguardad. Aquí tenéis una cosa que me parece muy oportuna para salvaros. Tenéis que meteros en este saco,[31] y que...

GERONTE.—*(Creyendo ver a alguien.)* ¡Ah!

SCAPÍN.—No, no, no, no, no es nadie. Estaba diciendo que debéis meteros aquí dentro y no se os ocurra moveros lo más mínimo. Os cargaré a mi espalda, como un fardo de algo, y así os llevaré, pasando entre vuestros enemigos hasta vuestra casa, donde, cuando lleguemos podremos atrincherarnos y enviar en busca de ayuda contra la violencia.

GERONTE.—La treta es buena.

SCAPÍN.—La mejor del mundo, ya lo veréis. *(Aparte.)* Ahora sí que vas a pagarme la impostura.

GERONTE.—¿Eh?

SCAPÍN.—Digo que vuestros enemigos quedarán burlados. Meteos bien hasta el fondo y, sobre todo, tened cuidado de no asomaros, y de no moveros, pase lo que pase.

GERONTE.—Dejadme hacer a mí. Sabré estarme quieto...

31. Dos famosos versos de Boileau convirtieron ese saco en un elemento fundamental de controversias y disputa sobre *Los enredos de Scapín*: «En ese saco ridículo en que Scapín se envuelve / no reconozco ya al autor de *El misántropo*». El apaleamiento del saco es un *sketch* tradicional de la *commedia dell'arte* y de la comedia francesa. Los grabados de la época, hechos por Callot, presentan al criado con una gran capa al hombro, que le cuelga por delante y por detrás; por lo que sería esa capa la «cosa» que en ese momento Scapín despliega delante de Geronte, luego le obliga a «meterse» en ella y a continuación lo envuelve. El montaje de Copeau así lo entendía en una de sus notas: «Scapín desata el saco de su cintura».

SCAPÍN.—Escondeos... Ahí llega un espadachín que os busca. *(Desfigurando la voz.)* «¡Cómo! ¿No lograré madar a ese Geronde y nadie por caridad me dirá dónde esdá?»[32] *(A Geronte, con su voz natural.)* No os mováis. *(Volviendo a desfigurar la voz.)* «¡Por Crisdo[33] que lo encondraré aunque se esconda en el cendro de la dierra!» *(A Geronte, con su voz natural.)* No os asoméis. *(Se supone que todo el lenguaje gascón pertenece al espadachín que imita, y el resto a él.)* «¡Eh, homdre del saco! —Señor. —De daré un luis si me enseñas dónde puede esdar Geronde. —¿Buscáis al señor Geronte? —¡Sí, por Sadanás! Esdoy buscándolo. —¿Y para qué, señor? —¿Para qué? —Sí. —Por Crisdo, que quiero molerlo a palos. —¡Oh, señor!, a gentes como él no se les dan palos, que no es hombre para ser tratado de ese modo. —¿Quién, ese necio de Geronde, ese bribón, ese bellaco? —El señor Geronte, señor, no es ni necio, ni bribón ni bellaco, y deberíais, por favor, hablar de otra manera. —¡Cómo! ¿Me dradas a mí, a mí, con esa soberbia? —Defiendo, como es mi deber, a un hombre de honor al que ofenden. —¿Es que eres amigo de ese Geronde? —Sí, señor, lo soy. —¡Ah, por Crisdo! Dú eres amigo suyo, enhorabuena. *(Dando varios palos sobre el saco.)* ¡Doma! Aquí dienes lo que de doy para él. —¡Ay, ay, ay, ay, señor! ¡Ay, ay, señor! ¡Poco a poco! ¡Ay, despacio,

32. La voz ficticia emplea el lenguaje del gascón de comedia, caracterizado por la intervención de las *v* y de las *b*, marca tradicional de la jerga gascona tanto para la literatura narrativa como para la dramática.

33. El juramento empleado, lexicalizado, *cadédis*, significa textualmente en francés «cabeza de Dios»: *cap* («cabeza») *de Dieu*.

ay, ay, ay! —Vede a llevarle eso de mi parde. ¡Agur!»[34] ¡Ay, al diablo con el gascón! ¡Ah! *(Quejándose y retorciendo la espalda como si él hubiera recibido los palos.)*

GERONTE.—*(Asomando la cabeza fuera del saco.)* ¡Ah, Scapín, no puedo más!

SCAPÍN.—¡Ay!, señor, estoy totalmente molido, que me duele la espalda de un modo espantoso.

GERONTE.—¿Cómo? Pero si ha sido en la mía donde han dado los palos.

SCAPÍN.—De eso nada, señor, los han dado en la mía.

GERONTE.—¿Qué quieres decir? Yo bien que he sentido los golpes y todavía los siento.

SCAPÍN.—Os digo que no, hasta vuestra espalda solo llegaba la punta del bastón.

GERONTE.—Entonces debías haberte retirado algo más lejos, para evitármelos.

SCAPÍN.—*(Metiéndole de nuevo la cabeza en el saco.)* Tened cuidado. Ahí llega otro con pinta de extranjero. *(En este pasaje se repite el del gascón para el cambio de lenguaje y el juego teatral.)* «¡Haberrse escapado![35] ¡Yo correr como una vizcaína,[36] y no poder encontrar en todo el día ese diablo de Gironte!» *[A Geronte, con su voz natural.]* Escondeos bien. «Decirrme, señorr hombre, por favor, ¿saberr

34. Molière emplea el término provenzal *adiusias*, que significa «adiós».

35. Para este segundo personaje, Molière emplea el francés con las modalidades de la jerga suiza, que cambia varias consonantes: *d* en *t*, *v* en *f* y *b* en *p*, con especial hincapié en la *r*.

36. «Se dice proverbialmente *courir comme un /une/ Basque* para decir caminar deprisa, y mucho tiempo porque los de Vizcaya son famosos por eso» (Furetière).

dónde está el tal Girronte que yo buscar? —No, señor, no sé dónde está Geronte. —Decirrme con sincerridad, yo no querrerr para nada imporrtante. Solo quierro darrle una diverrsión en la espalda de una docena de palos, y trres o cuatrro estocaditas en el pecho. —Os aseguro, señor, que no sé dónde está. —Me parrece que veo moverrse algo en este saco. —Perdonadme, señor. —Ahí dentrro hay seguramente algún secrreto. —Nada de eso, señor. —Yo tenerr ganas de darr una estocada en este saco. —¡Ah, señor, no lo hagáis! —Enseñarrme lo que hay dentrro. —¡Alto ahí, señor! —¿Cómo que alto ahí? —No tenéis por qué querer ver lo que llevo. —¡Pues yo querrer verrlo! —¡No lo veréis! —¡Ah, cuánta palabrrerría! —Son unas ropas que me pertenecen. —Mostrarrme, te digo. —No lo haré. —Tú, ¿no hacerrlo? —No. —Endonces yo medirr la espalda de di. —Me río yo de eso. —¡Ah!, ¿conque hacerrte el grracioso? *[Dando palos en el saco y chillando como si los recibiese.]* ¡Ay, ay, ay! ¡Ay, señor, ay, ay, ay, ay! —Hasta volverr a verr. ¡Serr eso pequeña lección para enseñarrte a hablarr con insolencia!» ¡Ay, mala peste se lleve a ese chapurreador! ¡Ay!

GERONTE.—*(Sacando la cabeza del saco.)* ¡Ay, estoy molido!

SCAPÍN.—¡Ay, estoy muerto!

GERONTE.—¿Por qué diablos tienen que pegarme en la espalda?

SCAPÍN.—*(Volviendo a meterle la cabeza en el saco..)* Cuidado, que ahí llega media docena de soldados juntos. *(Remeda las voces de varias personas a la vez.)* «Venga, tratemos de encontrar al tal Geronte, busquemos por todas partes. No ahorremos pasos. Hay que recorrer toda la ciudad. Que no quede ningún rincón sin mirar. Registremos todo. Hay que escudriñar por todas partes. ¿Por dónde vamos? Doblemos por allá. No, por aquí. A la izquierda. A la derecha. Ni hablar. De acuerdo.» *(A Geronte, con su voz natural.)* Escondeos bien. «¡Ah!, camaradas, aquí está su criado. Venga, bribón, tienes que decirnos dónde está tu amo. —¡Eh, señores, dejad de pegarme! *(Geronte asoma muy despacio la cabeza y puede ver la trapacería de Scapín.)* —Si ahora mismo no nos dices dónde está tu amo, va a lloverte encima una buena granizada de palos. —Prefiero soportar cualquier cosa antes que deciros dónde está mi amo. —Te daremos una buena paliza. —Haced lo que queráis. —Ya veo que tienes ganas de una buena zurra. —No traicionaré a mi amo —¡Ah!, ¿quieres probar? Toma...» ¡Oh!

(Cuando se dispone a golpear, Geronte sale del saco y Scapín huye.)

GERONTE.—¡Ah, infame! ¡Ah, traidor! ¡Ah, malvado! ¿Así es como me matas?

Escena III

Zerbinetta, Geronte

ZERBINETTA.—*[Riendo, sin ver a Geronte.]* ¡Ja, ja! Quiero tomar un poco el aire.

GERONTE.—*[Aparte, sin ver a Zerbinetta.]* Me las pagarás, te lo juro.

ZERBINETTA.—*[Sin ver a Geronte.]* ¡Ja, ja, ja, ja! ¡Qué historia más divertida! ¡Y qué fácil es engañar a ese viejo!

GERONTE.—A mí no me parece divertido ni veo por qué tenéis que hacer que se rían.

ZERBINETTA.—¿Cómo? ¿Qué queréis decir, señor?

GERONTE.—Quiero decir que no debéis burlaros de mí.

ZERBINETTA.—¿De vos?

GERONTE.—Sí.

ZERBINETTA.—¿Cómo? ¿Quién piensa en burlarse de vos?

GERONTE.—¿Por qué venís aquí a reíros en mis narices?

ZERBINETTA.—Esto no tiene nada que ver con vos, me río yo sola de una historia que acaban de contarme, la más divertida que se pueda oír. No sé si es porque soy parte interesada en el asunto, pero nunca he encontrado nada tan divertido como la jugarreta que acaba de gastarle un hijo a su padre para sacarle el dinero.

GERONTE.—¿Un hijo a su padre para sacarle el dinero?

ZERBINETTA.—Sí. A poco que insistáis, me encontraréis bastante dispuesta a contaros la historia, que por carácter me gusta contar los chismes que sé.

GERONTE.—Os ruego que me digáis esa historia.

ZERBINETTA.—Encantada. No correré gran riesgo si os la digo porque no es una aventura que vaya a permanecer mucho tiempo en secreto. Quiso el destino que yo me encontrase entre una cuadrilla de esas gentes que llaman gitanos y que, vagabundeando de provincia en provincia, se dedican a decir la buenaventura, y algunas veces a otras muchas cosas. Al llegar a esta ciudad, un joven me vio y se enamoró de mí. Desde entonces, me sigue a todas partes y al principio pensó como todos los jóvenes, que creen que les basta con hablar y que con cuatro palabras que nos digan lo tienen todo ganado; pero topó con un orgullo que le hizo rectificar un poco sus primeras ideas. Dio a conocer su amor a las gentes que me retenían y las encontró dispuestas a entregarme a él a cambio de cierta cantidad. Pero lo malo del asunto es que mi enamorado se hallaba en esa situación en que a menudo se ve la mayoría de los hijos de buena familia, es decir, que andaba algo escaso de dinero; que tiene un padre que, aunque rico, es un avaro redomado, el hombre más tacaño del mundo. Aguardad. No sé si me acordaré de su nombre. ¡Ay! Ayudadme un poco. ¿No podéis decirme el nombre de alguien de esta ciudad que sea conocido como roñoso en sumo grado?

GERONTE.—No.

ZERBINETTA.—Hay en su nombre algo de ron... ronte... Or... Oronte. No. Ge... Geronte; sí, Geronte precisamente, ese es mi avaro, ya he dado con él, ese es el tacaño que digo. Volviendo a nuestro cuento, mi gente ha decidido hoy irse de esta ciudad y mi enamorado iba a perderme por falta de dinero si, para sacárselo a su padre, no lo hubiera ayudado la astucia de un servidor que tiene. El nombre del criado lo sé de maravilla: se llama Scapín; es un hombre incomparable y se merece todos los elogios que puedan hacerse de él.

GERONTE.—*[Aparte.]* ¡Ah, buen granuja estás hecho!

ZERBINETTA.—Y la artimaña que ha empleado para engañar a su víctima ha sido la siguiente. ¡Ja, ja, ja, ja! No puedo recordarla sin reírme con todas mis ganas. ¡Ja, ja, ja! Ha ido en busca del maldito avaro, ¡ja, ja, ja!, y le ha dicho que, paseando por el puerto con su hijo, ¡ji, ji!, habían visto una galera turca a la que los habían invitado a subir; que un joven turco le había ofrecido un tentempié, ¡ja!, y que, mientras comían, la galera se había hecho a la mar; y que el turco lo había mandado a tierra, solo a él, con orden de decir al padre de su amo que se llevaría a su hijo a Argel si no le enviaba inmediatamente quinientos escudos. ¡Ja, ja, ja! Y ya tenéis a mi roñoso, a mi tacaño, sufriendo unas angustias crueles mientras el amor que siente por su hijo combate con su avaricia. Los quinientos escudos que le piden son otras quinientas puñaladas que le asestan. ¡Ja, ja, ja! No se decide a sacar esa suma de sus entrañas y el dolor que sufre le inspira cien modos ridículos para recobrar al hijo. ¡Ja, ja, ja! Quiere enviar a la justicia al mar detrás de la galera del turco. ¡Ja, ja, ja! Pide al criado que se ofrezca al turco para ocupar el lugar de su hijo, hasta que él haya reunido el dinero que no tiene la menor gana de dar. ¡Ja, ja, ja! Para conseguir los quinientos escudos entrega cuatro o cinco trajes viejos que no valen ni treinta. ¡Ja, ja, ja! Y todas las veces, el criado le hace comprender la insensatez de sus proposiciones; además, cada reflexión va dolorosamente acompañada de un «Pero ¿qué diablos iba a hacer a esa galera? ¡Ah, maldita galera! ¡Turco traidor!». En fin, después de muchas vueltas y revueltas, después de haber gemido y suspirado largo rato... Pero me da la impresión de que mi cuento no os hace gracia. ¿Qué os parece?

GERONTE.—Me parece que el joven es un granuja, un insolente, al que su padre castigará por la jugarreta que le ha hecho; que la gitana es una imprudente, una insensata por soltar injurias contra un hombre de honor que sabrá enseñarla a venir aquí a corromper a los hijos de familia, y que el criado es un malvado al que Geronte enviará a la horca antes de mañana.

Escena IV

Silvestre, Zerbinetta

SILVESTRE.—¿Por qué os ponéis a parlotear sin sentido?[37] ¿No sabéis que acabáis de hablar con el padre de vuestro enamorado?

ZERBINETTA.—Acabo de sospecharlo; me dirigí a él sin saberlo y le he contado su propia historia.

SILVESTRE.—¿Cómo que su historia?

ZERBINETTA.—Sí, me había divertido tanto el cuento que ardía en ganas de repetírselo a alguien. Pero ¿qué importa? Peor para él. No veo que con ello puedan las cosas ir ni peor ni mejor para nosotros.

SILVESTRE.—¡Qué ganas de parloteo! ¡Mira que hay que tener larga la lengua para no poder callar ni los asuntos propios!

ZERBINETTA.—¡Qué más da! ¿No iba a terminar enterándose por algún otro?

37. Molière pone en boca de Silvestre: *Où est-ce donc que vous échappez?*, expresión de doble sentido posible: «¿Adónde vais fuera de la casa?» o «¿A qué fantasía os habéis entregado?». *S'échapper* tiene además el sentido de «precipitarse de forma desconsiderada a decir o hacer algo contra la razón o las conveniencias» (*Dictionnaire de l'Académie française*, 1694).

Escena V

Argante, Silvestre

ARGANTE.—¡Hola, Silvestre!

SILVESTRE.—*[A Zerbinetta.]* Entrad en casa. Ahí está mi amo, que me llama.

ARGANTE.—Os habéis puesto de acuerdo, granuja, os habéis puesto de acuerdo Scapín, vos y mi hijo para engañarme. ¿Y creéis que voy a tolerarlo?

SILVESTRE.—En verdad, señor, si Scapín os engaña, yo me lavo las manos, que os aseguro que no tengo nada que ver.

ARGANTE.—Ya aclararemos este asunto, bribón, ya aclararemos este asunto, que no voy a permitir que nadie me impida hacer lo que me dé la gana.[38]

Escena VI

Geronte, Argante, Silvestre

GERONTE.—¡Ah, señor Argante! Aquí me tenéis, abatido por la desgracia.

ARGANTE.—Vedme también a mí en un abatimiento horrible.

GERONTE.—El granuja de Scapín me ha sacado, con un enredo, quinientos escudos.

38. En el original, *qu'on me fasse passer la plume par le bec*: «Se llama un *oison bridé* aquel al que han pasado unas plumas por las aberturas que hay en la parte superior de su pico, para impedirles así pasar los setos y entrar en los jardines donde está permitido matarlos... De ahí procede el proverbio *passer la plume par le bec*» (Furetière).

ARGANTE.—Ese mismo granuja de Scapín también me ha sacado a mí, con otro enredo, doscientas pistolas.

GERONTE.—No contento con sacarme quinientos escudos, me ha tratado de un modo que me da vergüenza confesarlo. Pero me las pagará.

ARGANTE.—Yo quiero que me rinda cuentas de la afrenta que me ha hecho.

GERONTE.—Y yo pretendo hacer con él una venganza ejemplar.

SILVESTRE.—*[Aparte.]* ¡Ojalá que en todo esto no termine yo recibiendo mi parte!

GERONTE.—Pero eso todavía no es todo, señor Argante, que a una desgracia siempre la acompaña otra. Estaba disfrutando hoy con la esperanza de recobrar a mi hija, que es para mí todo mi consuelo, y por mi hombre acabo de saber que salió hace mucho de Tarento, y se cree que ha perecido en el barco en que se embarcó.

ARGANTE.—Pero, decidme, ¿por qué la dejasteis en Tarento y no os disteis la alegría de tenerla con vos?

GERONTE.—Tuve mis razones para ello, que intereses familiares me han obligado hasta ahora a mantener en secreto este segundo matrimonio. Pero ¿qué veo?

Escena VII

Nerina, Argante, Geronte, Silvestre

GERONTE.—¡Ah! ¿Estáis aquí, ama?

NERINA.—*(Arrojándose a sus plantas.)* ¡Ah, señor Pandolfo, cuánto...!

GERONTE.—Llámame Geronte y no vuelvas a emplear

ese nombre. Han desaparecido las razones que me obligaron a tomarlo entre vosotros en Tarento.

NERINA.—¡Ay! ¡Cuántos trastornos e inquietudes nos ha causado ese cambio de nombre en los desvelos que hemos puesto para venir a buscaros aquí!

GERONTE.—¿Dónde está mi hija, y su madre?

NERINA.—Vuestra hija, señor, no está lejos. Pero, antes de que la veáis, tengo que pediros perdón por haberla casado, ante el abandono en que, por no hallaros, me encontré con ella.

GERONTE.—¡Mi hija casada!

NERINA.—Sí, señor.

GERONTE.—¿Y con quién?

NERINA.—Con un joven llamado Octavio, hijo de un tal señor Argante.

GERONTE.—¡Oh, Cielo!

ARGANTE.—¡Vaya una circunstancia!

GERONTE.—Llévanos, llévanos enseguida adonde está.

NERINA.—No tenéis más que entrar en esta casa.

GERONTE.—Pasa delante. Seguidme, seguidme, señor Argante.

SILVESTRE.—¡Vaya una aventura totalmente sorprendente!

Escena VIII

Scapín, Silvestre

SCAPÍN.—Bueno, Silvestre, ¿qué hace nuestra gente?

SILVESTRE.—Tengo dos noticias que darte. Una, que el asunto de Octavio se ha arreglado. Nuestra Jacinta ha resultado ser la hija del señor Geronte; y el azar ha hecho lo que el buen juicio de los padres había decidido. La otra noticia es que los dos viejos lanzan contra ti amenazas espantosas, y sobre todo el señor Geronte.

SCAPÍN.—Eso no me preocupa. Las amenazas nunca me han hecho daño, que solo son nubarrones que pasan muy lejos por encima de nuestras cabezas.

SILVESTRE.—Ten cuidado: bien podrían los hijos reconciliarse con sus padres, y tú quedar atrapado en la red.

SCAPÍN.—Déjame a mí, ya encontraré yo el modo de calmar su indignación, y...

SILVESTRE.—Retírate, que ahí salen.

Escena IX

Geronte, Argante, Silvestre, Nerina, Jacinta

GERONTE.—Vamos, hija mía, venid a mi casa. Mi alegría habría sido perfecta si hubiera podido ver a vuestra madre con vos.

ARGANTE.—Ahí llega Octavio, muy oportuno.

Escena X

Octavio, Argante, Geronte, Jacinta, Nerina, Zerbinetta, Silvestre

ARGANTE.—Venid, hijo mío, venid y alegraos con nosotros por la feliz aventura de vuestro casamiento. El Cielo...

OCTAVIO.—*(Sin ver a Jacinta.)* No, padre, todas vuestras proposiciones de matrimonio no servirán de nada. Debo quitarme la máscara con vos, puesto que ya os han notificado mi compromiso.

ARGANTE.—Sí, pero tú no sabes...

OCTAVIO.—Sé todo lo que hay que saber.

ARGANTE.—Quiero decir que la hija del señor Geronte...

OCTAVIO.—La hija del señor Geronte no significará nunca nada para mí.

GERONTE.—Es ella...

OCTAVIO.—*[A Geronte.]* No, señor; os pido perdón, pero mi decisión ya está tomada.

SILVESTRE.—*[A Octavio.]* Escuchad...

OCTAVIO.—No, cállate, no quiero escuchar nada.

ARGANTE.—*[A Octavio.]* Tu mujer...

OCTAVIO.—Os digo que no, padre, antes morir que dejar a mi adorada Jacinta. *(Cruzando el escenario para ir al lado de Jacinta.)* Por más que hagáis, esta es la mujer a la que he dado mi palabra: la amaré toda mi vida y no quiero ninguna otra esposa.

ARGANTE.—Pues bien, esa es la mujer que te dan. ¡Diablo de atolondrado, que siempre tiene que salirse con la suya!

JACINTA.—*(Señalando a Geronte.)* Sí, Octavio, este es mi padre, al que he encontrado, y así quedan resueltos todos nuestros problemas.

GERONTE.—Vayamos a mi casa, estaremos mejor que aquí para hablar.

JACINTA.—*[Señalando a Zerbinetta.]* ¡Ay!, padre mío, os pido por favor que no me separéis de la adorable persona que aquí veis; posee méritos que os harán estimarla cuando la conozcáis.

GERONTE.—¿Quieres que meta en mi casa a una persona que tu hermano ama y que hace un rato ha dicho mil tonterías sobre mí?

ZERBINETTA.—Señor, os ruego que me disculpéis. No habría hablado de ese modo de haber sabido que erais vos, pues solo os conocía de oídas.

GERONTE.—¿Cómo que de oídas?

JACINTA.—Padre mío, la pasión que mi hermano siente por ella no tiene nada de deshonroso, yo respondo de su virtud.

GERONTE.—Estaría bueno. ¡No querrán que case a mi hijo con ella! Una desconocida que tiene por oficio hacer la calle.[39]

Escena XI

Leandro, Octavio, Jacinta, Zerbinetta, Argante, Geronte, Silvestre, Nerina

LEANDRO.—Padre mío, no lamentéis que ame a una desconocida sin familia ni bienes. Los que me la han vendido acaban de revelarme que es de esta ciudad y de familia honrada, que fueron ellos los que la robaron a la edad de cuatro años; y aquí tenéis un brazalete que me han dado y que podrá ayudarnos a encontrar a sus padres.

ARGANTE.—¡Ay! Al ver ese brazalete descubro que es la hija que perdí a la edad que habéis dicho.

39. En el original, *coureuse*: dos diccionarios de época (Richelet, Furetière) dan al término el sentido de «prostituta», y no el de «aventurera» o «vagabunda» que tiene en la actualidad, y al que podría inducir la presencia de Zerbinetta en un grupo de gitanos.

GERONTE.—¿Vuestra hija?
ARGANTE.—Sí, lo es, que aquí veo todos los trazos[40] que me permiten estar seguro.
JACINTA.—¡Oh, Cielo! ¡Cuántas aventuras extraordinarias!

Escena XII

Carlo, Leandro, Octavio, Geronte, Argante, Jacinta, Zerbinetta, Silvestre, Nerina

CARLO.—¡Eh, señores! Acaba de ocurrir un extraño accidente.
GERONTE.—¿Qué ha pasado?
CARLO.—El pobre Scapín.
GERONTE.—Ese es un granuja al que he de mandar ahorcar.
CARLO.—¡Ay! Señor, no os preocupéis por eso. Al pasar junto a una obra en construcción, le ha caído en la cabeza un martillo de picapedrero, que le ha roto la crisma dejando al descubierto toda la sesera.[41] Se muere y ha pedido que lo trajesen aquí para poder hablar con vos antes de morir.
ARGANTE.—¿Dónde está?
CARLO.—Aquí lo tenéis.

40. Las inscripciones grabadas en el brazalete.
41. En 1655, Cyrano de Bergerac murió de forma semejante, víctima del accidente descrito por Carlo. La alusión parece ser un homenaje de Molière al autor de *Le Pédant joué*, alguno de cuyos pasajes ha servido de fuente, como se ha visto, para *Los enredos de Scapín*.

Escena XIII

Scapín, Carlo, Geronte, Argante, etc.

SCAPÍN.—*(Traído por dos hombres, con la cabeza envuelta en vendas, como si estuviera muy herido.)* ¡Ay, ay! Señores, me veis..., ay, me veis en un extraño estado. ¡Ay! No he querido morir sin venir a pedir perdón a todas las personas que puedo haber ofendido. ¡Ah! Sí, señores, antes de exhalar el último suspiro os suplico de todo corazón que me perdonéis cuanto pueda haberos hecho, y sobre todo el señor Argante y el señor Geronte. ¡Ay!

ARGANTE.—Por mi parte, te perdono, venga, puedes morir tranquilo.

SCAPÍN.—*[A Geronte.]* Es a vos, señor, a quien más he ofendido, por los bastonazos que...

GERONTE.—No se hable más, yo también te perdono.

SCAPÍN.—Fue una temeridad grandísima por mi parte los bastonazos que yo...

GERONTE.—Dejemos eso.

SCAPÍN.—Siento, al morir, un dolor inconcebible por los bastonazos que...

GERONTE.—¡Dios mío! Cállate.

SCAPÍN.—Los desdichados bastonazos que os...

GERONTE.—Repito que te calles, está todo olvidado.

SCAPÍN.—¡Ay, qué gran bondad! Pero ¿es de corazón, señor, como me perdonáis los bastonazos que...?

GERONTE.—¡Eh!, sí. No hablemos más: te perdono todo, ya está.

SCAPÍN.—¡Ah! Señor, me siento muy aliviado después de vuestras palabras.

GERONTE.—Sí, pero te perdono a condición de que te mueras.

SCAPÍN.—¿Cómo, señor?

GERONTE.—Si sales de esta, retiro mi perdón.

SCAPÍN.—¡Ay, ay! Los vahídos empiezan otra vez.

ARGANTE.—Señor Geronte, en gracia a nuestra alegría, hay que perdonarle sin condiciones.

GERONTE.—De acuerdo.

ARGANTE.—Vayamos a cenar juntos para disfrutar mejor nuestra alegría.

SCAPÍN.—¡Y a mí que me lleven a un extremo de la mesa mientras espero a morirme![42]

42. Una tradición escénica que parece remontarse al propio Molière quiere que, en este momento, Scapín se arranque las vendas, se ponga en pie y, acto seguido, sea paseado triunfalmente por el escenario, antes de salir.

AUSTRAL

www.australeditorial.com

www.planetadelibros.com